路人甲

24000公里的游荡，你在看景，我在看人

昂可 著

北京航空航天大学出版社
BEIHANG UNIVERSITY PRESS

内容简介

　　昂可背包出行，用四个多月的时间，游历了贵州、云南、西藏、广西、尼泊尔、越南、柬埔寨、泰国和老挝等地。这一路，行程 24000 多公里，坐车乘船搭飞机骑马骑大象，看景无数，遇人众多。杭州大姐、江上客、北京老兵、拉漂……22 位典型的"路人甲"，凸显现代人多元化的生活方式，揭示当代社会生存百态。随作者的描述一路走一路看，"路人甲"中或许就有你的身影。

图书在版编目（CIP）数据

路人甲 / 昂可著 .-- 北京：北京航空航天大学出版社，2013.1

　　ISBN 978-7-5124-1032-9

　　Ⅰ.① 路… Ⅱ.① 昂… Ⅲ.① 游记 – 作品集 – 中国 – 当代 Ⅳ.① I267.4

中国版本图书馆 CIP 数据核字（2012）第 287405 号

路人甲

昂可 著
策划编辑：谭 莉
责任编辑：王冰洁
＊
北京航空航天大学出版社出版发行

北京市海淀区学院路37号（100191）http://www.buaapress.com.cn
发行部电话：（010）82317024　传真：（010）82328026
读者信箱：bhpress@263.net　邮购电话：（010）82316936
北京尚唐印刷包装有限公司印装　各地书店经销
＊
开本：700×1000　1/16　印张：13.25　字数：195千字
2013年1月第1版　2013年1月第1次印刷
ISBN 978-7-5124-1032-9　定价：39.80元

这一路，走了24000多公里，四个多月。这一路，坐车乘船搭飞机骑马骑大象。这一路，翻了很多高山，也走了很多险路。这一路，在洱海里游泳，在澜沧江边骑车，在亚丁挖虫草，在青朴朝圣，在阳朔攀岩，在越南狂飚摩托，在安达曼海边拍照，在曼谷学泰拳，在清迈当小贩。

这一路上，看了好多景，也碰到了很多人。与风景相比，那些在路上碰到的人更令人难忘。杭州大姐，江上客，北京老兵，拉漂，嬉皮士；五零后，八零后，九零后；中国人，外国人……每个人身上都有故事，每个人都有属于自己的轨道和生活，每个人对幸福和苦难的理解也都不一样。在他们身上，我看到了不同的生活方式。我要写写他们，就算给他们画个速写，给我留个念想。

目录

只记得他不停地唱着苗歌，嘹亮、悠扬、痛痛快快的歌声，又带有一丝苍凉。

从那以后，他不再来中国做生意了，只旅游。足迹几乎遍布中国各地，旅费不少掏，"算是为祖国做贡献啦！"

当年插队下乡，她把中国地图和世界地图分钉在两面墙上，在脑子里，她顺着那些代表道路的红线周游了全国，也游遍了世界。

他喜欢自驾，走了很多地方。当下最大的愿望是走遍中国，开着车，带着帐篷和炉具，走到哪住到哪。当然，要带着太太和女儿。

我不再劝，在一种轨道里跑太久，想变道，不单需要技术，也需要勇气。

4

5

大伙对他简直佩服极了，朋友小罗当即赐他"杜爷"大名，又有"人肉雷达"、"人肉LP"的美誉。

她则像舞会皇后，跳得神采飞扬，只是那个装玫瑰的花篓从不离身。

大师说知道，然后一脸冷笑，念叨：我看过泰拳VS少林功夫，泰拳VS功夫……

她背上了那个大大的背包，走了，从后面几乎看不到她的头。

那他的理想职业是什么？四处流浪的图书管理员！你看，这个西安娃都27了，还这么不靠谱。

走吧

在出发前，我刚结束了婚姻。

此前的那段时间，我的躯体和精神都深陷泥淖，苦苦挣扎。我开始停止工作，大量地聚会、喝酒、打球、玩，试图用这些方法使自己拔足而出。但无边无际的空虚立即袭来，那种如在梦里坠崖的无助感更令人惊恐。所以，我决定要走。

为什么要走？

先来聊聊我。典型的河南人：中！不高不矮、不胖不瘦、不左不右、不三不四、不文不武。是那种想当小流氓，又豁不出去，喜欢安稳，又有点不甘寂寞，有点正义感，又有点小邪恶，不算聪明，也不算笨的人。一路不算坎坷，也不算顺利。就这样走走停停，三十岁成家立业，三年后家庭破裂，工作上也遭遇瓶颈期。

出去走走，看看，来个长期旅行。这个念头已经盘旋在我脑子里多年了，从小时候第一次翻开画报，第一眼看到与自己长大的小城环境截然不同的图片开始，看世界就成为我的一座人生灯塔。我甚至认为，正是因为有着这座灯塔，决定了自己的航向，我以后所做的种种选择，明里暗里都是为遵循着这座灯塔的指引。

但我跟很多人一样，毕业了要找工作，找到工作了要打牢基础。要恋爱，就要买房供房，要结婚，一转眼三十多了，抚育后代、赡养老人的压力还在后面等着。我也跟很多人一样，一次次地对自己说，多赚点钱再出去吧。虽然不甘心，但步步惊心的现实，还是牢牢地摁住了我的躯体，我只能远远地看着那座灯塔。

这样的生活到底是不是我想要的？我确定不是。对很多人来说，城市生活就像一列隆隆前行的火车，载着你，载着还过得去的生活，载着别人的期望和自己的面子，一刻不停歇地往前疾驰。它走得太快，以至于你无法与自己的内心聊聊天，也无法欣赏沿途的美景。所以，人生的一个小"事故"，强行让这列火车停下来，反倒使我有勇气下车去看看。

在我出发之前，我只能确定一点——我不知道自己未来的路到底是什么样子。我不能确定的，太多了——还回来么？能回来么？回来后如何生活？我到底想要什么生活？怎么去实现？重操旧业？还准备进入围城么……想多了，太烦。干脆不去想，一心一意出去。心底里，我寄希望于我这一路能把这一个个问号给拉直。

那天是2011年4月23日，我买了张火车票，开始了自己的旅程，一路向西南呼啸而去。

跟我在同一卧铺段的是五个来自广西南宁的老姐妹，正能量十足，一直叽叽喳喳，把女人这台戏唱得很足，欢声笑语充斥着车厢。其中一个大姐的女儿在北京工作，她们就结伴来北京玩，玩了十一天，这是要归家。五姐妹第一次出远门的兴奋还未退却。她们的快乐，就像在平淡的清汤火锅里撒进了一把辣椒。也许是跟心态不同有关——我不是出差，而是去长期旅行——老大姐们让我感觉很开心，这开了一个好头。火车开出没多久，她们又从编织袋里拿出盒饭，说说笑笑，邀请我吃。那个大姐很是活跃，挥挥手："ByeBye，北京！"

"ByeBye，北京！"我也默默地喊了一声，有点开心，离北京越远，好像越能脱离地球引力，离自由更近。

天很快就黑了，鼾声，欢声，冲厕声，各式方言，北京爷们的吹牛声；河北，河南，湖北、湖南，一路冲贵州而去。

隐隐约约觉得，这条未知目的地的旅途上，我会得到些什么，或者说，我希望得到：比如，遇到一位为我指点迷津的贵人；经历让我大彻大悟的奇遇；找到未来的发展方向。最不济，也要像书里写的那样"荡涤了心灵"吧！

谁知道，管他呢，走吧！

路人甲：小倪

但就是那个小小梦想，在这一条道上落不住脚，甚至连插一腿的机会都没有。

你应该认识他。

小倪很普通，放到人群里一点都不打眼，人们甚至会忽视他，忽视他的性别、口音、来历，等等。这样的一个人，描述起来很难，但我还是想说说他，而且放在第一位来说。因为，最近半年，他不停地在我生活中出现。

我已经记不起来是什么时候认识的小倪，也不知道他有多少岁，跟我一样是七十年代生人？还是八零后？或是九零后？谁知道，也不在乎。反正他给我印象最深的，并非年龄啊长相啊什么的，而是每一次见到我，他就会对我说同一句话：我很羡慕你。

我知道他的意思，他想像我经历的一样，有一个Gap year，给自己放个长假，出去走走看看。刚开始，我还对小倪说，没什么可羡慕的啊，你也可以做到。后来，他老这么说，也没什么行动，我也烦，就刺他：你敢么？你舍得舍弃么？

小倪就笑——有时我会特意观察他的脸，那是一张你在城市的地铁、公车、街道、办公室里随时可以看到的脸，那是一张70%焦虑、20%骄傲和10%冷漠的脸——小倪从小努力读书，上大学，毕业后找工作，职场打拼，谈恋爱，结婚……一切看起来按部就班，但就是那个小小梦想，在这一条道上落不住脚，甚至连插一腿的机会都没有。

他好像不快乐，还会抱怨自己的工作。我也搞不清楚他到底干什么，好像是公务员？还是一份很不错的工作？可以坐在干净、整洁的办公室内？那不重要，总之，他说自己腻味了，原本是想做个画家或自由职业者或者什么都不干来着，现在却被现实绑架在办公室里，做一个看似人人羡慕的白领，其实，快变成了职场植物人。

像一场梦魇，唤醒自己的方式，除了等待，就是想想别的。他会看别人写的游记，也关注"穷游网"之类的旅游信息网站，也关注"谢谢和菜菜为爱走天涯"，知道"花甲背包客"和"背包客小鹏"，知道"谷岳"和"刘畅"的所有信息，他把这些旅行者当做明星一样追捧。其实，小倪也知道，这是一种寄情的方式。但仅限于寄情，小倪还是不敢走出去，他有很多理由缚住自己的双脚。

　　说真的，我既有点鄙视他，也有点同情他。因为，我之前跟小倪一样，有太多的羁绊。只是后来终于鼓足勇气，向自己的内心低头、弯腰，解开缚住自己双脚的绳子，走了一遭，做了想做的事情，回头看时，才觉得那些羁绊都无关紧要。

　　这话，我跟小倪说过，他只是笑，只是听。

　　好了，关于小倪，就写短点。怎么样，现在知道小倪是谁了么？是你？如果是，那你就有看下去的必要了。

第一章

贵州西江

私人建议：

1.如想省钱，想吃美味，不要住临街的客栈，往山上走走，很多苗家都提供住宿，做的菜更正宗。

2.如果你想看看真正的苗人生态，进山上的村子。可徒步到雷公坪，风景绝佳。

3.米酒好喝，但绝不要贪杯。

4.保持好奇，保持安静，保持尊重。

　　每天早上七点多钟，我都被鸟鸣声叫醒，很准时。不知名的鸟，叫起来宛转悠扬，锲而不舍，不由你不醒。当然，我也乐意在这个时候起来。

　　我住吊脚楼的三楼，沿窄小的楼梯下到二楼，这里有"美人靠"，就是吊脚楼的阳台。我只穿一条大短裤，裸着上身，叉腰往那一站，夜里的沉闷，就被山谷的晨风一扫而去。精神一下子振奋起来。

　　我在贵州，黔东南，西江千户苗寨。

　　这里是世上最大的苗族聚居村寨，白水河从谷底穿过，十余个自然村寨依山而建。五千多年前，生活在黄河中下游的九黎部落，在蚩尤的带领下与炎黄二帝在涿鹿地区激战，后来蚩尤被黄帝擒杀。苗族的先人开始迁徙，几番周折，西江一部的苗人，西汉时在此生根开花。西江苗人的传统是穿长袍，包头巾头帕，颜色都为黑色，有"黑苗"之称。而远远望去，一幢幢吊脚楼紧紧相连，顶子都呈黑瓦色，在清晨的薄雾中，就像是一幅挂在墙上的水墨画。

头汤做出的羊肉粉唤醒一天能量

　　我带着一点宿醉往山下寨子的街上走。小道上，男人们背着手，抽着烟，悠闲地散步。苗寨的男人已经很少穿苗服。背着小孩的女人们，穿着有漂亮苗绣花纹的青黑色衣服，开始为一天的工作作准备。街上还没有多少人，汤粉店还能用好喝的头汤做出一碗羊肉粉，这一碗粉，也很快就唤醒了我一天的能量。

　　不过，这样难得的清静，会在大批游客涌来之后被打破。

　　在2008年大开发之后，西江名声暴涨。它首先失去的就是安静。一队队的旅游团被导游的喇叭驱使着，团员们的好奇和热情似乎都要通过大声喧哗才能表达出来。银器店的匠人敲击银器的声音也显得急躁。从中午开始一直到晚上，劝酒歌此起彼伏，那本应属于苗人欢迎宾客的歌声，在游客们的舱

15

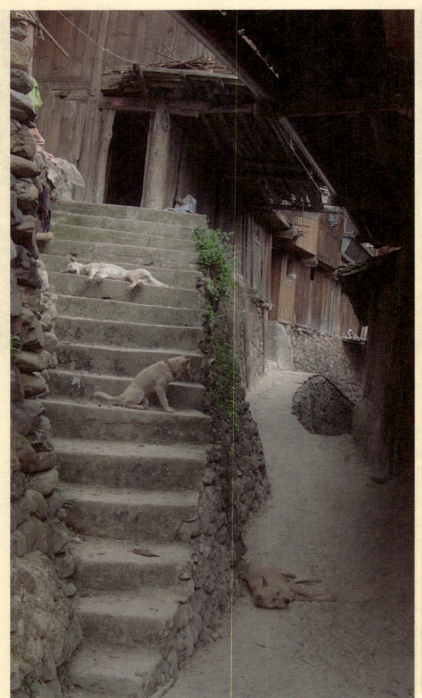

那狗儿忙着晒太阳，哪里还会理人？

●

筹交错中越来越显得程序化，像没有感情地唱一首情歌。它其次失去的是秩序。在中国，"开发"是一个应受到诅咒的词，它往往涉及官、商、民的利益之争，带来的恶果比比皆是，西江也不例外。而开发与环境好似无法接触的两极，通往西江的那条盘山公路，带来了通行的便利，但失去的是往日稻田的蛙鸣。接着它失去的是尊重。外面人带着钱，带着好奇，带着照相机，有些人，也带着肆无忌惮，带着粗鲁，还以为自己带来的是文明。而寨里人，则用他们的方式边后退，边对抗。

比我先来的驴友，会摇着头说，西江啊，现在商业气息太浓了。商业气息就好比狐臭，再美的姑娘沾染上，也要掉几个档次。一个客栈老板也叹气说，现在来西江的外国人越来越少了。我问老板，都是游客，为啥你怀念外国游客？老板想了一会儿说，最早发现和推广西江美景的是外国的徒步者，这些老外愿意看那些原生态的东西。有了盘山公路，老外徒步者们都不来了，而咱们的游客，要求吃好喝好睡好，服务得到位，现在街上的饭店酒吧越来越多，弄得西江都不像西江了。说也奇怪，现在咱们的游客越来越多，我感觉钱倒是越来越难赚了。

作为"咱们的游客"其中一员，必须承认，我不习惯徒步，让我翻山越岭两三天去看一个美景，实在是不可能。但是，即便我享受着现代文明的盘山公路来到这个大山里，除了为这个已经打开寨门的世外桃源贡献一些收入外，我还能为"咱们"做点什么？

我往后山走，弯弯曲曲的小道，几乎没有游客，即便如此，我还是在墙上看到一张告示，通知各户村民应将自己的狗拴住，锁在院里，以防伤人，称最近已有游客屡次投诉。我也怕狗，心里还是紧张，探头探脑想进别家院里参观，很小心，生怕窜出一条恶狗。但我看到的是，那些狗大多都懒洋洋地躺在门口、石阶上和地上，这个季节阴雨多，阳光难觅，再加上巷子窄，阳光投射到地上的范围太小，狗们也懂得享受，它们紧挤在光照下，看到有人，也不搭理，抬一下头，翻一下眼皮，继续躺倒，谁还有空理一个蹑手蹑脚的游客？这才是真正的"狗不理"。在一户人家门口，我多停留了一下，院内倒是有狗叫起来，主人家出来，一唤，那狗就不叫了，围着主人的腿转圈。我们提出想看看他家的吊脚楼，主人带我们进去。这是真正的农家吊脚楼，和临街或者改为客栈的大不同，一楼竟然是养牲畜的地方，两头肥猪把那里弄得污七抹黑，味道也不大好闻。主人则说，住习惯了，这么多年，家家户户全是这样，让他搬到街上去住，还不习惯了，那里人太多，酒吧也多，太吵啦。

我继续走。在羊排村的一个小吊脚楼内，三个老姐妹正在刺绣。苗家女从四五岁起就得跟着母亲、姐姐或者嫂嫂学刺绣。苗绣据说是在大迁移时开始出现，也起到"结绳记事"的作用。苗绣主要以几何图形组成，苗女刺绣也不多打底稿，完全靠天生的悟性去布局走线。那三个老姐妹绣得认真，不说话，也不抬头，手中的针线活，如有千钧之重。我也不敢出声，慢慢地看。屋子狭小，也不开灯窗，把门打开，还算敞亮。墙上挂着她们已经绣好的作品。靠窗台的凳子上，放着一本书和一个笔记本，凑上去看，书是关于经营管理的，笔记本上写的是记账方法。戴眼镜的老大姐突然开口，问我从哪里来。她说，你挺好，不吵。有的游客来了，声音大得啊，有时候，她会拿苗话骂他们，反正他们也听不懂。

晚上回客栈，跟老板说起这事，老板说，寨子里的人，还是很淳朴的嘛。我说，所以我感觉我去山上这一趟，既是发现之旅，也是自我救赎。

临走前一天的中午，我当了一回"托儿"。纠集了一帮在客栈里认识的大学生，要拼一个酸汤鱼火锅吃，我也假装老驴和美食客，推荐了一家我常去的小馆，夸如何好吃云云。事实上，我没有吃过，酸汤鱼火锅一个人吃，太浪费。所以，每次去这家小馆都吃一碗面条。也不是什么稀罕做法，挂面青菜

门口淋上鸡血，驱邪。

加西红柿，才五元钱。只摆了三张桌的小馆，生意并不好。这条街上做酸汤鱼的菜馆太多了。老公外出打工了，老板娘总是背着娃娃，坐在店口愣怔怔地看着街上的人流。每次我都挑饭点前或者饭点后过去，不给她添乱，我的这个生意太小了，赚不了钱。慢慢地我们也熟了，见我进店，她也不再拿菜单，直接问一句，还是一碗面？

那天的拼饭挺成功，小馆子一下子涌进八个人，老板娘看起来有点手忙脚乱，连那条大鱼都是去街边现买的。

晚饭，还是在小馆吃，老板娘依然抱着娃娃在店门口闲坐，依然没有递菜单，我依然点了一碗面，并告诉她，我明天就要走了，以后要是再来，还在她这里吃。那碗面吃到最后，我发现下面卧着一个煎蛋。

路人1：吴老板

4月 黔东南千户苗寨

只记得他不停地唱着苗歌，嘹亮、悠扬、痛痛快快的歌声，又带有一丝苍凉。

五一前后，我在西江千户苗寨待着。

去之前我了解了一点苗家知识。苗族没有文字，只有语言，他们传承历史，就是靠祖先传下来的歌谣。有首歌就唱道：女娲补天造人，蚩尤创造苗人……

我是毫无计划地走到山腰上的家庭旅馆投宿的。后来才知道老板是一位木雕师，库房里存放着他的作品。然后看到他在厨房抡大勺。老板姓吴，矮瘦，但干活利索，指挥家庭服务员传菜、唱劝酒歌，有条有理。

在吊脚楼里看吊脚楼，像画框里的画。

20

吴家的吊脚楼是四层，改良型，充分利用空间，就为了多增设房间，多纳客。吴老板跟我说，苗家的好匠人，根本不需要图纸，也不会画。都是现场一看地形地势，心里就有数了，整个吊脚楼都不用一个钉子。他这栋吊脚楼的格局设置，当初都是自己想出来，找人打造的。

他读书不多，小时候学习好。但家里穷，一个学期九块钱的学费都需要凑。老爹在70年代就四处跑做生意，但"没跑出来"。娘身体也不好，他只好辍学。1994年左右，他去黑龙江打工，4月份出发，连棉袄都没穿，在松花江上看到别人滚冰块，问："这是什么大石头啊，在江上滚？"打工是在砖窑，推胶轮车运送砖头。吃从没吃过的大碴子粥，一顿饭吃五六个大馒头。气候与食宿他都不适应，他老爹也不放心，于是专门去黑龙江将他接回来了。

总得吃饭吧！回来后，他决定去学个手艺，就到了贵阳，在省文联跟着木雕师学了8年木雕，深圳世界之窗有些木雕就是他做的。学成后，他又回到了苗寨。

在20世纪80年代，已经有一位美国女士路易莎在西江生活了两年，学会了说苗语，并写了著名的《少数民族准则》一书。90年代，美国的背包客发现了这里，时常有画家、摄影师和中外背包客来。老吴就在街上开了个工艺品店，那时已经有人在他家里住宿。2005年，他动了念头，贷了六万元钱，共花费二十万，盖了现在的四层大吊脚楼，开了客栈，算是西江最早的家庭客栈。在街上，甚至有人开了家与他家客栈名字相仿的山寨版客栈。

西江的名气越来越大，2008年由政府牵头，搞起了大开发，老吴的生活也变了。

首先，因为商业需求，原生态的东西会受到伤害。比如，沿街的吊脚楼窗户一度改用了铝合金，在老吴和一个文化组织的一再建议下，最后还是恢复成原来的木结构。吊脚楼顶上，原来是用瓦垒成的梅花形，在政府的规划中，一些则变成了牛角型，也就是蚩尤打仗时头上戴的盔甲，"可能政府认为牛角更像少数民族？"

还有征地。这些被征的土地卖给私人老板开发酒楼旅店，老吴说，你

看到的学校，已经被征了，将要搬到山后。而原校址，又偷偷地卖给了私人老板。还有他家对面的山坡，原本都是梯田，一到夏天，十里蛙声。但现在那边要修建盘山公路，方便游客进出。蛙声早没了。更重要的是，被征地的家庭，最多也不过得到十几万的拆迁补偿款。"他们没有地种，要是脑袋不好，不会经商，他们以后怎么办？"老吴担心，"那他们还不去偷不去抢？"现在，来西江的外国游客已经越来越少，他们觉得这里已经不是徒步圣地。五一节，街头的人突然增多，到处都是跟团的游客和导游的大嗓门。

对老吴个人的伤害是：2008年搞旅游开发大会，他的老婆跟县里来的一个干部好上了。"以前也是个好婆娘，很老实。"按苗寨的风俗，他俩已算是离婚，但一直没有办法律手续。一是因为财产纠纷。另一个是因为他不想让一双儿女感到家庭的不好。女人经常打电话过来，他都忍住，不爆发。但他隐约觉得，一对儿女可能知道这事。

　　他儿子上高二，女儿上初中。我们一起吃饭时见过，都很温顺，在饭桌上不活跃，吃完就赶紧下桌。

　　老吴在学习上对他们不做太多要求，只要求他们尽力即可，也希望他们能走出大山，有自己的前程。而他自己，则希望儿女回来后，能感受到家庭的温暖，"我要用笑脸对他们"。

　　我临走前的那天晚上，他叔叔、弟弟家的儿女，家里打工的人，包括他自己的儿子女儿，一共十一个人吃了顿家庭晚餐。我和他喝到一点钟，记不得喝了多少他自酿的米酒，我喝醉了。只记得他不停地唱着苗歌，嘹亮、悠扬、痛痛快快的歌声，又带有一丝苍凉。

　　在这顿晚餐前，我帮他修了网络，当了会传菜员，然后在厨房看他忙活，准备我们的晚饭。这个矮小的苗人有强大的负重能力。我说："你可真行，什么都会。"他只是一笑，说："都是逼出来的。"

23

路人2：大马氏何

5月 贵州凯里

从那以后，他不再来中国做生意了，只旅游。足迹几乎遍布中国各地，旅费不少掏，"算是为祖国做贡献啦！"

从西江千户苗寨返回凯里，买了一张车次为2012、座位号为4的大巴票，心说，如果2012的故事要成为现实，我一定要在这之前，把想去的地方去一遍，也算不枉此生。至于那张船票，不要也罢。

正胡思乱想时，有人操港台腔问，这里有人坐吗？一看，是个五十多岁的男子，高且瘦，戴眼镜，穿件普通的黑色夹克，旧仔裤，旧球鞋，拎一把黑色长伞，我猜是广东游客。他坐下，开始搭话，原来是马来西亚的华人，祖籍广东，姓何，我心里给他起了个绰号：大马氏何。

马来西亚的老何是地产商，却很是低调。

回城的那一路，我们都在聊各地见闻，他是个老驴友，走过的地方很多。他给我讲柬埔寨吴哥窟的美，讲老挝的寺庙，又讲在英国过的白色圣诞节，讲南美洲的秀丽。语速平缓，很少起伏，但就是吸引人。

大马氏何的旅行爱好，是在美国培养起来的。20世纪80年代初，他在美国俄亥俄州立大学读土木工程。在那里，一次长途旅行就是成人礼。他和朋友开车，完成了横穿美国的计划。

路上，他也感受到了被其他国家留学生称为"蠢"的美国人的善。一次深夜，他和朋友喝了酒，不能开车，就把车停在路边，找个店休息。第二天起来，看到车后灯全都碎了，想必是被撞了，当即大骂，自认倒霉。谁知道，走近一看，碎灯座里有纸条，是肇事者留的电话号码，还有道歉的话。还有一次，他们开车掉进了沟里，大雨天，抬不出来。后面来了一辆车，停下，跳出五个美国大姐，二话不说就帮忙，一起把车给弄了出来。

"这在马来西亚和中国，近二十年都不会形成风气。"他狠狠地抽了一口烟斗。我想跟他争辩，但不知如何开口，其时，"南京徐老太"式的故事，还在微博上被调侃式地讨论着。

大马氏何对中国一点都不陌生。他1993年就来风筝之乡潍坊做房地产生意，被当时的市长啊校长啊送了一大堆风筝，这是唯一收获——"生意赔到屁股都烧焦了。"他说。从那以后，他不再来中国做生意了，只旅游。足迹几乎遍布中国各地，旅费不少掏，"算是为祖国做贡献啦！"当然，他再也没去过潍坊。

在凯里，他住一家普通的商务酒店，跟我一样挤公交车，四处溜达。他感叹中国经济越发展，城市的同质化越严重。凯里是黔东南苗族侗族自治州首府，但在街头，除了穿少数民族服装的妇女以外，很少能看到民族特色，特别是建筑，跟一般城市无异。大马氏何说，几乎把中国走遍，你会发现，每一个城市都有一条步行街，而这条步行街，卖的东西都差不多。

而吸引他每年都来中国旅游的原因，除了血统，还有从书里看到的那些故事。"随便在中国的古迹找一个建筑，甚至是一砖一瓦一棵树，背后都有故事等你去挖掘。"他说。旅行前，他会先做一点功课，看到实物后，回去通过网络、书籍再往深处了解，这样印象更深刻。

还有，就是美食。他勇于尝试，像美食界的神农。他在西江千户吃了苗侗人特色菜"牛瘪"。他问我那是什么？我也不知道，要上网查查再告诉他。我们找到了一家当地人推荐的洗马河嘎嘎酸汤牛肉，蹲坐在小凳子上，喝酒吃肉。大马氏何抽烟斗，美美地来上一锅。我感叹他对于中国时事的关注度之高，他告诉我，中国大陆的发展及形象，对他们这些海外华人来说，有很大影响。

华人占马来西亚人口的20%。在去年马来西亚的十大富豪排行榜上，只有一个马来人，剩下全是华人。但是华人在马来西亚政治地位不高，"因为华人只埋头挣钱，不参政，认为钱能解决一切问题。"但朝中无人，给少数族裔的支持就少。比如技术含量较低的加油站，政府规定，99%的从业者必须是马来人，只给非马来人1%的份额。在中国大陆的旅行也让他发现，很多中国人都没有安全感，信奉的东西就是钱。"这个世界变化得太快了，我们走得也太快了。"

他抽口烟，说自己以前就是只知道工作，后来发现错过了太多东西。现在，他有三个孩子，两个还在求学。他每年都抽出一二十天，带领全家人一起旅游，他的意愿是增长孩子们的见识，也能通过旅行，跟孩子们交朋友。

那顿酸汤牛肉吃得很痛快，作为准地主，我抢了单。后来，我把他给的名字输入google，一查，大马氏何原来是马来西亚一家房地产公司的董事——这顿饭应该让他请啊！

对了，还有"牛瘪"，我后来查到了：据宋代朱辅著《溪蛮丛笑》记载："牛羊肠脏，略洗摆粪，以飨食客，臭不可近，食之则大喜。""牛瘪"的制作工序复杂，将牛羊宰杀后取其胃及小肠里未完全消化的内容物，挤出其中的液体，加入牛胆汁及佐料花椒、生姜、陈皮、香草等，放入锅内煮沸，文火慢熬，将液体表面的泡沫及杂质除掉，过滤回锅加入食盐、葱蒜、辣椒即成。

吃一锅酸汤牛肉，听老何讲了一堆故事。

27

在双廊，过着"面朝大海，春暖花开"的日子。

第二章

云南

私人建议:

1.深入昆明的最佳方式：走路+公车+自行车+地图。不要错过你感兴趣的任何一条小巷，没准这里就是一个历史事件的发生地。

2.离开昆明时，别忘了去鲜花市场买花。记得，如果赶行程，别带女朋友去，她会挑花眼。

3.别看轻大理街头的任何人。

4.在景洪玩一把斗鸡，小赌怡情，中赌伤身，大赌鸡飞蛋打。

5.在云南生活，把你的闹钟、计时器扔掉，不要有时间观念，这里适合随心所欲的慢生活。

在云南当隐者何如

头一晚，在火车关灯前，把《鹿鼎记》最后一节复习完，看到金庸这样写道："夫妻八人依计而行，取了财物，改装到了扬州，接了母亲后，一家人同去云南，自此隐姓埋名，在大理城过那逍遥自在的日子。"

在摇摇晃晃的火车上，"逍遥自在"那四字，竟如摇散在水里的迷药，不动声色地让我心动神摇。

在云南，留下来，过海子说的那种"喂马劈柴周游世界"、"只关心粮食和蔬菜"的生活如何？要不，过过大隐士陶渊明的"采菊东篱下，悠然见南山"的日子也不错。城市于我还有多少眷恋？去大理如何？三年前曾住过一夜，在清晨时领略过它的古朴和静谧，算是惊鸿一瞥。可人家韦爵爷，带着七个如花美眷万贯家财而来，那才能过得逍遥自在吧。我有什么可以让自己生存下去的技能？逍遥自在与钱财有关么？隐士不该是淡泊名利么？鲁迅不早说了，老隐士们都是假隐，都有家底，要不然，"朝砍柴，昼耕田，晚浇菜，夜织屦，又哪有吸烟品茗，吟诗作文的闲暇？"不过，中国文化里，"士"为贤者，是知识分子，我一个老百姓，算什么隐士……

胡思乱想中，逐渐入梦。

六点刚过，早起的鸟儿们的喧哗声惊醒了我。接着，列车广播适时响起：旅客朋友们，列车已经进入云南省……

从多是阴雨的苗寨，到阳光灿烂四季如春的昆明，心情豁然开朗。这里实在宜居，历史上有太多名人生活于此。在昆明，我每天都带着张地图步行。没准随意穿进一条小街，就有一段历史"隐居"在这里。我住钱局街，附近就是西仓坡6号，闻一多先生的殉难处。去圆通寺，看完了陈圆圆出家的地方，想像着被韦小宝惊为天人的陈圆圆的美貌。出寺门吃饭，一不小心就拐到一条有朱德故居的小巷子里。一段历史刚在脑子里清晰起来，又要突然变换空间和时间，穿越感油然而生。

有历史的地方往往有奇人异士。走之前，我去翠湖边的陆军讲武堂旧址参观，这座创办于1909年的学校，是中国最早的培养新式陆军军官的学校。

双廊。红山庙会上在洱海边做饭的阿姐。

在讲武堂走马转角楼式的主体建筑里，一一展示了从辛亥革命到护国战争再到抗日战争的众多将星的形象。二楼最为醒目的是蔡锷的半身雕塑像与小凤仙的画像，隔一条窄窄的过道互相遥望。巧的是，傍晚打车赶赴车站去下一站，与司机聊天后发现，这位司机竟然是滇军历史专家，讲起滇军头头是道。他又开口向我背诵一副小凤仙悼蔡锷的长联：

万里南天鹏翼直上扶摇那堪忧患余生萍水因缘成一梦

几年北地燕支自悲沦落赢得英雄知己桃花颜色亦千秋

那长联共46个字，我用手机上网对照，看他边开车，边一字不差地背诵，当即惊呆，莫非这就是传说中的隐士？

接下来，我去了西双版纳，见识了退休后一直在路上的杭州大姐，还有放弃上海生活在这里定居的江上客；又折返到大理，韦爵爷果然会挑好地方，苍山脚下，朵朵白云躺在蓝天上若有所思，慢慢流动。这里也是卧虎藏龙。闲居小院、毫不起眼的老者，是名动四方的作家。小馆子里炒菜的老板，以前在内蒙古经营矿业。住在青旅便宜床位上、跟你纵横上下五千年的侃客，曾是大企业的"洋买办"。如果他们算是"士"的话，这里还有"草根"，街头卖艺的身无分文的琴手，客栈里的大学生义工，弃了工作只求自由的流浪汉。

我跟家底厚薄明显不一的"士"们和"草根"们聊天，对城市生活的厌倦、对干净空气的需求、对自由的渴望是他们来到乡村、换一种节奏过日子的推动力。而在这个更为开放和宽容的时代，谁还会在乎自己是"士"还是"草根"呢？他们有一个统一的身份——城市逃离者。其时，"逃离北上广"这个话题正在媒体上被热烈报道和讨论。被动的"逃"和主动的"隐"，那只是一种选择。我想。

我继续前行，在拉萨、阳朔，在东南亚，隐者遍地，中国的、外国的都有。在曼谷，我碰到了一个意大利老头，他年轻时是老师，后来就一直在路上了。他说自己的有生之年，干过"太多太多太多有趣的工作"，也有"许多许多许多个女朋友"。这老头算是大隐，大隐隐于市，在曼谷街头摆了个修皮鞋的摊子。我问，泰国有太多比曼谷环境更好的地方，泰南有普吉、甲米这样的海岛，泰北有清迈这样的小城，你怎么不选个更清净的地方。那老头说，你若高兴快活，哪里都是天堂。

橄榄坝，赶摆。坐轿子的族人，要给抬轿子的发红包。

八月再回云南，又去了趟双廊，这个洱海边的小渔村，吸引了不少名人和城市逃离者在此生活。我住在海地生活青年旅舍，一出门，就是洱海，那真是海子描述的"面朝大海春暖花开"的房子。不过，要想去镇上的大街上转悠，就麻烦了。双廊已不是三个多月前的那副悠闲模样，街上到处都在施工，连路都被翻开，一副快干快上猛开发的样子，这个村子里所有能出租的院子几乎都已租出去，改做他用。我在网络上看到，当地那些真正想过清静日子的隐者，对深夜依然狂放音乐的酒吧无可奈何，哀叹"双廊再也不是以前的双廊"。

　　晚上，我们深一脚浅一脚，艰难地往洱海边的旅舍走。有人感叹，现在哪里还有真正能隐居的清静地方。要是那韦爵爷活在当下，恐怕也会嫌大理人多聒噪了。

　　我对这些话倒是不以为然。走了这么多路，看了很多热闹，心倒静了。陶渊明的那首诗，在"采菊东篱下，悠然见南山"之前，不是还有一句"心远地自偏"嘛。隐只是一种心态。我想。

路人3：杭州大姐

4月 西双版纳景洪市

当年插队下乡，她把中国地图和世界地图分钉在两面墙上，在脑子里，她顺着那些代表道路的红线周游了全国，也游遍了世界。

到了西双版纳的景洪市，我一大清早就去投奔"左岸"青年旅舍。就在澜沧江北，美的是，这家青旅居然是联排别墅改造的。推开落地大阳台，江风能吹进来，穿过草坪，可以到江边。但是因为新开张，没生意，四人间就我一个客人，没有其他青旅的热闹劲儿，有点扫兴。

我白天出去瞎逛，晚饭前去大厅上网，终于看到了另一个客人，确切地说，是先看到背影。这哥们，中等偏低的个头，戴棒球帽，大T恤和迷彩大短裤，球鞋，从背后看，虎背熊腰。谁知一搭话，一扭头，尴尬了，原来是个大姐。

那晚我们聊了半天时事，很投机。大姐思维清晰，对政治经济热点问题一点都不陌生，一看就是经常接受新信息的人。后来我在她的房间看到一台联网的笔记本。前台姑娘告诉我，这位大姐是杭州人，4月份在景洪过的六十岁生日，已经在这里住了一个多月了，等着办老挝签证，然后要顺澜沧江顺流而下，飘到老挝去旅游。我顿时心生敬意，自己三十三岁了，都没这么大的勇气一个人满世界窜。

我跟大姐表达了这个意思。大姐跷着二郎腿坐在沙发上，哈哈大笑。她说自己喜欢旅游，把自己跟同龄人摆到一起，"我就是英雄。"她说。当年插队下乡，她把中国地图和世界地图分钉在两面墙上，在脑子里，她顺着那些代表道路的红线周游了全国，也游遍了世界。但当时的现实是，她哪里也去不了。

1978年，大姐第一次出游，目的地是武汉，坐着火车去了，找到招待所

大理，杭州大姐在舞池里旁若无人地跳舞。

要住宿，填写登记表时，在"来汉理由"一栏里，她填写了"旅游"。"老头往下拉了拉眼镜，直盯盯看着我，"大姐在模仿，眼睛瞪圆，"除了出差和探亲，怎么会有'旅游'这个理由呢？"

现在退休了，她可以沿着那些红线，用双脚踏踏实实地走了。

她不喜欢做计划，每天睡到自然醒，然后才去车站买票坐车，买到了就走，买不到就往后推。因为这个习惯，109公里的路，她走了两天——头天的班车不能直达，只能在一个小地方过夜，第二天再转车，她毫不犹豫就买了。理由是：上班，朝九晚五了一辈子，被束缚了那么多年，还不自由一点？

为了自由，她也不要旅伴，一直独行。她说这像自己与自然界谈恋爱，

36

"你愿意有个人（旅伴）当你的灯泡么？"她认识朋友，也不打听人家的名字。"和我混了一个月酒吧的哥们，我也没问过他名字。总归是要相忘于江湖，前面，还有更多等着你去混的人呢。"她说。当然，她也没问我的名字，我也不好意思问她姓甚名谁家有何人。

大姐从2010年8月就出门开始旅行，每到一地，就踏踏实实地住下，把自己的兴趣点玩一遍。比如在西双版纳，她有三个愿望，一是过泼水节，她玩得很尽兴；二是了解普洱茶是怎么做的，于是她在茶农家里住了五天，看人家怎么做茶，用自己背的大相机拍下全过程；三是顺澜沧江飘到老挝，这一条，正在实现。

最后几天，她一直在做功课，让前台姑娘给她打印琅勃拉邦的地图。她英语不好，又开始补习英语。我在西双版纳最后一次见她，她正在跟前台姑娘喊英语："Don't touch me。I will call the police（别碰我，我会叫警察的）。"

我记住了这位大姐，一路走，我跟很多旅友讲她的故事。老实说，她的态度和勇气，对我也有影响。

再见她，是三个多月后，我重回大理双廊镇的海地青年旅舍，先是听到声音，再看到身影，确定就是她。大姐从景洪出发后，飘到了老挝，在老挝待了四十多天。我很惊讶，怎么能在老挝那种地方待四十多天？大姐说："那是你没沉下心来，你有没有跟当地人接触啊？"她讲如何发现琅勃拉邦的美，又讲当地人待客实在，又奉行节约。

她的下一站是大理古城和丽江，有俩姑娘专门来接她。她说，姑娘是原来在丽江认识的，看她宅在双廊太久，特意进来拉她去玩。告别时，她说有缘会再见。

还真有缘。那晚我和朋友们临时决定去大理古城赶一赶武庙会，在庙会上有一个混搭锐舞派对。一个露天电影院，银幕上播着《红色娘子军》。大伙在老外DJ弄出来的电子乐声中尽情摇摆。一脸笑意的杭州大姐就在舞池里，和一群"妖魔鬼怪"跳舞，扭臀送胯，脚步快而轻。

路人4：江上客

4月 西双版纳景洪市

他喜欢自驾，走了很多地方。当下最大的愿望是走遍中国，开着车，带着帐篷和炉具，走到哪住到哪。当然，要带着太太和女儿。

江上客，是杭州大姐给他取的名字，符合她"相忘于江湖"、从不打听对方姓名的态度。我也这样记。

江是澜沧江，从西双版纳的勐腊县出境后，就成为老挝和缅甸的界河，开始叫湄公河，再流过泰国、柬埔寨和越南，经过西贡后流入中国南海。江上客的家，就在澜沧江边，故有此名。

在江上客家的阳台上，即能看到澜沧江的江景。

38

还是在景洪的"左岸"青旅，有天傍晚，老板和前台的小姑娘，还有杭州大姐，说晚饭有朋友要请大伙去家里吃。老板和大姐看我一个人，于是好心地邀我同去。

请客的人过来接，是一家三口，小女儿被笑眯眯的妈妈抱在怀里。爸爸——就是江上客，短发，精壮，也笑眯眯的，说没关系，多一个人不多，一起去吧。听口音，我猜他是湖南人，身份可能是生意人，有了钱，在景洪置办豪宅，享受人生的那种。

江上客的家在澜沧江边的一个小区，地势高，房子却是普通房子，两室一厅，并不是我想像的豪宅，装修得朴素、简单。但推开阳台窗户，江风扑面而来。已是傍晚，依然天蓝，大团的云彩好像触手可得，云下就是汩汩向前的澜沧江，好景色。

我抽空去看了看他的书架，历史、人物书居多，最醒目的是一本育儿经，还有《在路上》。桌上的书还盖着"景洪市图书馆"的戳。墙上的相框，是在各地的旅游照片，三亚那张，妈妈扶着小女，对镜头笑，那暖意，相框都框不住了。

主人也热情，自己焖的米饭，超市里买两个熟菜，自己再拌个红油耳丝，蒸条鱼，做个排骨，炒个青菜，弄个奶油蘑菇汤，大伙吃得开心。不时再逗逗他家的小女儿，江上客和太太笑眯眯地招呼客人，吃罢饭就在阳台上聊天。杭州大姐捅捅我说，怎样？是不是感觉在做梦？别人还有这样的生活？我说，别叫醒我！

那天告别时，江上客知道我没离开过景洪市，就主动邀我第二天一起去打落的中缅边界玩，自驾。我虽然疑惑，带着这么小的孩子也不怕麻烦？但还是应承了下来。

江上客一家很守时，踩着点开车过来接我，妈妈依然笑眯眯地抱着女儿。江上客的车开得极稳，西双版纳的美景在窗外细致地划过。

江上客37岁，广西人，以前在上海的外企工作。跟很多人一样，做到一定程度，腻味了，就辞职，在路上找寻另一种生活方式。他喜欢自驾，走了很多地方。当下最大的愿望是走遍中国，开着车，带着帐篷和炉具，走到哪住到哪。当然，要带着太太和女儿。他太太是个八零后，说自己以前并不太喜欢奔波，但跟了老公，也慢慢喜欢起来。小女儿只有半岁，但也一直在路上。小女儿出生后，他们带着她去了三亚、大理等地，三月份到了景洪，发现这里气候宜人，房价也承受得起，就买了一套房子。他们把上海的小房子租出去，那边的房租，足够这里一家三口一月的生活了。

车继续走，看到好景色我们就下车，也钻进傣家的寨子，看每个寨子都有的寺庙，江上客会举起相机，抓拍骑摩托车的文过身的少年僧侣，拍寨子里的古树，拍吊脚楼。他也会跟太太换着抱孩子，或者给她们撑起阳伞。这一家子，一起走过远路，在景洪的房子定下后，从上海开车一周，才到达新家。江上客说，他喜欢在路上的感觉。

那天玩得很尽兴。在打落边界的小镇上，江上客显然是做过功课，知道路怎么走，知道老兵饭店的饭菜好吃且公道。吃完饭，很自然地算账，ＡＡ制，这是老驴友的作风。

离开西双版纳前，我跟江上客说，很羡慕他们的生活。但经济来源在哪里？如何持续下去？江上客没有直面回答我，他指指依然笑眯眯的太太说："我们俩的终极目标是在本地找一个公益组织，做点力所能及的事，生活上够用就成，工作之余就继续上路。"

三个月后，在泰国清迈，我碰到一对夫妇，男的是法国人，娶了一个日本姑娘，生了个女儿，还坐婴儿车，就这样推着女儿，边工作边旅行。一路上，我很少看到过有中国夫妇带着小孩这样走。那天，我想起了江上客一家。

回国后，我联系他们，一家子刚去了趟老挝。说是过完十一长假，就去大理，在一家小客栈当义工。我脑子中立即浮现了那幅画面：他们仨走在路上，江上客脖子上挂着相机，打着阳伞，给笑眯眯的太太、依偎在妈妈怀抱里的孩子遮阳蔽日。

路人5：大哥

5月 大理双廊镇

我不再劝，在一种轨道里跑太久，想变道，不单需要技术，也需要勇气。

海地生活青年旅舍离镇上挺远，走路需要二十分钟，但风景美，推门即见洱海。一号院大门口有无花果树和芭蕉树，遮蔽着从岸边探头出去的木平台，再放上两把躺椅，风吹着，太适合年轻人交流和打情骂俏了。所以很多人说，海地青旅，不欢迎情侣，只适合单身者。

大哥即是单身而来。

他的蓝色衬衫掖在黑色西裤里，穿皮鞋，拎大号公文包。有点谢顶，头发梳得整齐，年约四十。大哥的打扮，跟院子里这些大裤衩长花裙小吊带不太搭调。就好比上好的红酒，配了一头大蒜。

我的初步判断是：出公差，顺便来玩一趟。

果不其然，午饭时，大哥坐到了我旁边，搭上了话。他是技术骨干，效力于世界五百强的外企，兢兢业业多年，累了，回老家城市找了个可以养老的稳定差事，能照顾孩子，又能解决和老婆两地分居的问题。这是在外企最后一次出差，就放了松，跟团玩了大理古城，觉得没意思。朋友推荐了双廊，就摸来了。第二天就走。

吃罢饭，大哥让我给他拍照留念，在无花果树下的椅子上坐下，背对洱海，他把双手放到膝盖上。我背后走过的舍友开始调笑他：换个姿势嘛，又不是照证件照。大哥尴尬地笑了笑，只是向右偏了偏身子，把左手放到椅把上而已。

一群人在游泳，大哥也参与了，但从不往深处游，只在沿岸活动。上岸后，我对他说，明天有红山本主庙会，别走了，一起去玩吧。大哥想了想，说行啊。

晚上最热闹，有人喝酒，有人唱歌。我们男女在打台球，大哥一直在旁边观看，让他一起玩，他拒绝了，说是该睡觉了，"才十点啊？"大哥笑笑，眼神里却是很想加入。

第二天一大早，大哥退了自己的单人间，刚好住进了我的四人间。他说从没有体验过青旅的多人间，他的出差标准是可以住六百元一晚的，还邀请我过几天去昆明时，跟他住一个标间。我嘴里说好，心里有点犯嘀咕，怕玩不到一起，不方便。

当晚一群人去红山赶庙会，大哥偶尔打个工作电话，其他时间就跟一个游客一样四处拍照。晚饭，一桌十人，只有我俩男的，大哥开始活跃起来，四处张罗酒菜。八个女孩叽叽喳喳，大哥也偶尔插嘴，碰到有女孩举杯邀酒，他是酒到即干，不含糊。

我看大哥逐渐放开，也下了决心，何必拒绝大哥的好意，回昆明就跟他蹭豪华酒店吧，省钱，有人说话，多好。

回到海地，看到他在大厅里上网查找攻略，他告诉我，中午在海地，碰到两个姑娘和一个男孩，他想跟人结伴去丽江。我惊了，"大哥你这就是传说中的被'捡'了啊。"心里想我刚定下跟你去昆明蹭房，你这就变卦了。但心里确实替他开心。我说："你一定要跟她们去，我支持你，多体验不同的生活。"大哥腼腆地笑："时间还好，想去那边看看啦。但我接受不了男女混住，我还是订单人间。"我说人家女孩都不在意，你尝试下啊。大哥说："我不行，接受不了。"

那天大哥出手了，跟姑娘小伙们打台球，很有功底。我挺替大哥开心，不停地与他开玩笑。

早起，谁知大哥又向我宣布：他不去丽江了，跟我回昆明，公司有事临时召唤。我劝他，还是跟姑娘去吧，多难得的机会。无效。我不再劝，在一种轨道里跑太久，想变道，不单需要技术，也需要勇气。

回昆明前夜，自然要好好玩。酒吧里，大哥High了，一杯一杯梅子酒喝着，不用劝，跟大伙玩着各种酒场游戏。翌日拼车去大理古城打发白天的时间，又捡了两个姑娘。在古城里吃饭闲逛喝茶聊天，大哥已然放开，邀请她们到昆明后同住——当然是开两间房，房费他出。

在昆明，大哥俨然成了主人，联系住宿，带大伙去逛钱局街，逛花市，晚上安排饭局，又主动提出去酒吧坐坐，说大伙第二天就分道扬镳，得好好聚聚。

压轴大戏是看电影，《速度与激情5》。片子火爆，节奏快，我们几个一惊一乍，只有大哥两只手扶着座位把手，稳坐泰山，目不转睛。

兴尽晚归，我很疲惫。但大哥穿着内裤，光着身子，在房间里上网，把《速度与激情5》的所有信息都查找出来：导演原来是亚裔啊……我有一搭没一搭地应着。良久，大哥说："我这是十年来第一次进电影院。"我也默然。

第二天，我是第一个离开昆明的，走时没有叫醒大哥，也没有告别。他的美梦做到天亮就要醒，他将回到既有生活轨道，让他多梦会儿吧。

路人6：阿诗玛

5月 大理双廊

她眉目含情，让我想起了《新龙门客栈》里张曼玉饰演的金镶玉。

阿诗玛，白族姑娘，却给自己取了个彝族姑娘的名字，原名不详。

阿诗玛在江湖上名头很响。我第一次去海地生活青旅，就是在景洪认识的江上客推荐的，他还说一定要认识一下阿诗玛，是很爽脆、很有风情的一个人。可是前几天，一直没有见到她，旅店朋友说，阿诗玛家里有点事，回家了。

海地的生活悠然自得，每天睡醒就玩，很快就忘了这事。直到某天，有人大喊一声：阿诗玛回来了。好几个老旅客都嚷嚷：啊，阿诗玛回来了！你好！你好啊！

阿诗玛是个爱搞怪的姑娘

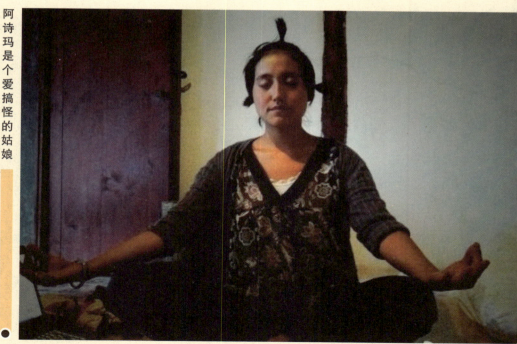

44

海地生活青旅院内，阿诗玛曾在这工作。

　　阿诗玛是个漂亮人，五官精致，黑黑的，壮壮的，很健康。穿的很民族风，很利索。但那天她情绪不高，脸色也差，她本来就黑，这下更显得黯淡，怎有传说中的风情万种？

　　那天晚上，大伙在洱海边烧烤，阿诗玛出现了，忙前忙后，比下午精神多了，一会儿给大伙拿肉串，一会儿端盘子递碗筷，累了半天，一抬头，一擦汗，喊道："谁给老子来根烟。"

　　抢着给"老子"递烟点火的有的是，阿诗玛也坐下来休息，边吃边聊，与人打情骂俏也不含糊，"叽咕山内"是当地的脏话，她很习惯用。本来大伙不熟，阿诗玛在中间插科打诨，现场气氛一下子活跃起来。她眉目含情，

45

让我想起了《新龙门客栈》里张曼玉饰演的金镶玉。

接下来几天，阿诗玛一直待在酒吧，以前她做前台，现在调了岗，每天学习做披萨、蛋挞之类的，也不时与客人聊天，但总觉得她的洒脱掩盖不住一点忧郁，怕是心里有事。

果不其然，多待了几天，慢慢也就熟了。离开海地的头晚，和朋友在酒吧喝"风花雪月"啤酒，也喝梅子酒，一杯接一杯。请她喝，她也没客气，杯到酒干。我们这才知道，阿诗玛复工的那天上午，才经历了家暴。"流了血，也叫了警察，我害怕，就回来上班了。"她说。

阿诗玛跟很多白族姑娘一样，很早就结婚了，孩子已两岁。她和男人是自由恋爱，"当初看他，真的很帅，家里也不错，就是喜欢他。"阿诗玛才二十四岁，但看起来可不止这个年龄。白族女人要内外兼修，传说男人却很是清闲。我在双廊镇上，也经常看到背一篓子砖头的妇女在干体力活。而她在结婚后，发现自家男人有家暴倾向。最大的矛盾在阿诗玛的工作上，干这一行，会认识南来北往的很多客人，男人不放心，一直要求她辞工不做，回家当家庭妇女，偏偏阿诗玛不是甘当主妇的那种人。"我在海地找到了我的舞台，一切都很得心应手，也很开心，客人们也喜欢我，比回家下地强吧？为什么要回去？"阿诗玛说，她以前在大理古城工作过，那里有老板开比海地高的工资挖她，她现在也不想过去。矛盾无可调和，男人就动手，阿诗玛说自己也不含糊，高跟鞋就是武器。闹得久了，只想速速离婚，自己可以什么都不要，只要孩子。目前最大的分歧也正是孩子的归属，他男人正软硬兼施，电话短信不断，有甜言蜜语，也有威胁。

酒一杯一杯喝，很久没人说话。那晚我们做的最有价值的一件事，就是建议她赶快找律师。她想了想，说在大理古城就认识一个律师，明天就去。

第二天，我们一行五人先到古城玩，赶晚上的火车去昆明。在古城又碰到了找完律师的阿诗玛，她又跟没事人似的，带我们去吃饭，喝茶，逛街买东西，用"叽咕山内"作为开头语与当地人砍价，仿佛金镶玉附身。

我的旅程在继续，偶尔能在微博上看到她生活的零星片段。知道她会做

双廊。村民们打的小鱼。

47

在大理古城，又邂逅了阿诗玛。这次她像一个阿拉伯人。

巧克力蛋糕了，儿子又长大了，去了束河，去了丽江，又去了泸沽湖。

三个月后再回双廊，还是不见阿诗玛。朋友说她婚姻已经结束，儿子归了她，她离开了，现在在北京旅行，回不回双廊也不一定。我这才明白，她的那段旅行是在疗伤。在海地时，她曾问我：只有"三失"者才长期旅行，失恋，失业，失意，你是哪一种啊？

从双廊回到昆明，我收拾心情，准备结束这趟长期旅行。上火车前的那个早上，吃了碗面条，溜达着回青旅。远远看到街对面，有两个姑娘，边走边聊天，其中一个不是阿诗玛是谁？

坐了一夜火车、刚回到昆明的阿诗玛，脸上没有疲惫，也没有忧郁，仍像金镶玉。

她很快就认出了已经一脸胡子的我，大街上，不好聊别的，只是交换了电话号码。我上车前，阿诗玛给我打了电话，我问她事情都解决了么，她说，解决了，谢了。随后，电话那头传来一声大喊："叽咕山内，快给我找个男人，越老越好。"

路人7：老袁

5月 大理双廊

"俺跟你们旅游不一样，只要是掏钱的地方，俺们都不去。"

老袁，四十三岁，老驴友。那天，他掐着指头认真算了算，拖着河南人特有的长腔说："你说这中国恁大吧，俺除了港澳台、青海、西藏、宁夏，都去过哩。"

我跟老袁是在红山本主庙会的表演场认识的，当时我们都坐台阶上等演出，他坐在我旁边，一搭话，都是河南人。

老袁停下来，挠挠头，从衬衣胸前的口袋里抽出一包烟，倒过来，磕出来一支，叼到嘴上。旁边马上递过来一个打着火的火机，滋溜溜抽上一口。

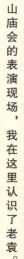

红山庙会的表演现场，我在这里认识了老袁。

红山庙会上景帝庙的伙食，村民们可以来吃。

他旁边围着一群小青年，眼神中多是羡慕。老袁说："恁们别急，跟着我，以后能去很多地方哩。"

小青年们纷纷点头，有叫叔的，有叫伯的，也有叫哥的。说跟着"袁叔（袁哥），那准没错"。

老袁也不得意："俺跟你们旅游不一样，只要是掏钱的地方，俺们都不去。"他看着我，"你说，就那蝴蝶泉，值得花钱吗？当年到长城，我也就是远远地看了看，你到了就中，你说登那长城干啥，花钱费鞋磨脚趾头。"

小青年一阵哄笑，"那对"，"那对"。

虽然是远观而不是近玩，但老袁秉承的，恰是LV之精神：人生就是一场旅行，不在乎目的地，在乎的应该是沿途的风景以及看风景的心情。他在新疆看过薰衣草，在江西看过油菜花，在元阳看过梯田，在甘肃看过沙漠。

"过年一回老家，俺就跟他们吹牛，这些地方啊，村里去过的人不多，他们可眼气（羡慕）了。"老袁狠抽一口烟。

老袁从没用过LV，甚至可能连LV店都没进去过。他是个建筑工，有个更通俗的名字叫：民工。他是河南原阳人，带着的那些小青年，也都是他的同乡，有些还是亲戚。来到大理，这次是修一个过路大桥。

这一晚有文艺表演，收了工，吃罢饭，老袁就领着弟兄们来看节目。这里是白族地区，可开场的第一个节目居然是东北大秧歌。老袁一高兴，俩手指插到嘴里，打了一个极响的呼哨。小青年们也用一阵喝彩呼应，引得旁人都扭头观看。

老袁说，带队伍，要有威信，也得有技术。有威信，人家的爹娘才舍得让你带孩子出来闯；有技术，才会有更多的工程找你来干。当然，也得有胆量，"关键时刻得豁出去，这才有当领导的样。"

那一年，在河北干工程，工程队一个小孩，惹着了地头蛇，带了一帮人来工地闹事。老袁抄起铁锹，冲到了前头，那是一场恶仗，最后双方都进了

红山庙上，各式各样的吃食和小商品摆满了街道两旁，晚上还有对歌。

51

派出所。老袁说，活也没干完，没法干了，"咱虽然占理，也算正当防卫，但强龙不压地头蛇，你说是不是？"

这样的事情也不少，老袁说太正常了，咱是外乡人，去人家地界上讨饭吃，哪能不磕磕碰碰，谁家的锅不碰勺啊。

"你不去想这些，高高兴兴出门，踏踏实实干活，痛痛快快旅游。那网上不是说，旅游就是从自己活腻了地方，到别人活腻了地方转一转嘛，哈哈哈哈……"

老袁每年农闲就会出门打工，农忙就回家，如果活干不完，回不去，就往家里邮钱，让老婆请收割队帮忙。他有个儿子，已经上大学了。现在的农村，很多家都有网络，眼光也看得远了，老袁琢磨着，等老了，干不动以后，"还是回老家，哪也不去了，开个店过安生日子。"

那天节目演到一半，老袁他们显然兴趣不大，就先退场了。他约我第二天去他们工地上吃饭，"吃河南捞面，管够，有大蒜吃。"

第二天，我有事未去，给老袁发了条短信致歉。老袁回我：有时间，去原阳，到咱家里去吃。

路人8：玛丽娅

9月 昆明 北京

她在云南，无论大理还是丽江，她走的都是"农村包围城市"的路线，大部分时间都待在外围，躲开人流，静静地赏景，静静地玩，再交一两个当地的朋友，深入基层看看，既省钱，又省心，还能玩出精髓。

玛丽娅，德国柏林人，金发高鼻，身材高挑，是个漂亮姑娘。专业是音乐，能弹一手好钢琴，吉他也能拎得起，经常给一些演唱会做伴奏，她说，台下人山人海的，弹起来，虽然不是歌手，也不是明星，但"酷极了"。

肉夹馍，比起柏林的汉堡如何？

玛丽娅二十三岁，还有一年大学毕业。但她已经是老背包客了，按中国话说是老驴友。老家欧洲就不用说了，从这个暑假起，她晃晃荡荡到了亚洲，到了中国。

玛丽娅属于标准的穷游者。从我认识她起，她就是一双拖鞋走天下，两三件T恤换着穿。胳膊上脖子上挂的，也都是从泰国淘换的便宜饰品。她从不进高档商场购物，连秀水街、红桥市场这样的地方，也不去。甚至从西安到北京，她只买到了站票，这也行，就站十一二个小时。她说，旁边的中国人都很好奇地看她。

穷游者，自会从穷游中找乐子。她不喜欢人多的地方，走到故宫外，看到戴着各色帽子的旅游团，举着大喇叭的导游，人潮汹涌，都走到入口了，她要求撤退。反倒是顺着护城河溜达，她不亦乐乎，买串冰糖葫芦吃，看河对面的武警战士练棍术，碰到有人练太极，她更高兴了，观察半天，再加偷拍。在来北京之前，她在云南，无论大理还是丽江，她走的都是"农村包围城市"的路线，大部分时间都待在外围，躲开人流，静静地赏景，静静地玩，再交一两个当地的朋友，深入基层看看，既省钱，又省心，还能玩出精髓。但也会有麻烦，比如她去长城，八达岭、居庸关啊，都不愿去，而是告诉我一个陌生的名字，我摇头，没听说过啊。第二天，接到她的求救电话，迷路了，电话交给了一个工作人员，告诉我说在"卧虎山长城"，我赶紧google，才闹明白这地方在密云。再打过去，她已经高高兴兴，找到路了。

玛丽娅也秉承大多穷游者的优良传统，就是亏腿不亏嘴，倒不是说吃得好，吃得贵，而是吃得巧，吃得怪，能吃出本地味道来。她很快就知道，面条在中国便宜实惠，能吃饱，味道也不赖。在昆明，她尝尝云腿月饼，也跟着我和朋友们吃正宗的云南菜；在大理得吃凉鸡米线；在西安仅待了一天，也得找到羊肉泡馍尝尝。到了北京，烤鸭当然是首选，她吃得不亦乐乎，每张饼都填得满满当当，大口咬，耐心嚼，不时发出满足的哼哼声。腾出嘴来说，在德国，我跟我家人去中餐馆，就点烤鸭，但跟这完全不是一个味啊。很快，她就从我这知道了有个词叫"山寨"。

还得敢吃，云南的虫子，街头的炸蝎子，她都不在话下。在烤串店，好不容易给她解释清楚了什么是"羊鞭"，她哈哈大笑。要尝一个么？当然！昆明街头闲逛，她看到了路边摊上摆着的狗爪子。我以为她绝对不敢吃狗肉，就逗她，想尝试下么？她得知是狗肉，犹豫了一下，但还是向摊主讨了一块，放到嘴里，细细地嚼，说没什么特别的感觉啊。没多久，就看到路边一只被遛的狗，她立即蹲下身，逗逗它。

　　这无关道德，也不是分裂。对旅行者来说，生活就是一种体验，乐趣就是探究从未经历过、没见过的事情。可以说一下她为什么来中国了，一年前，她在英国遇到了一个印度小伙，谈起了恋爱，几个月前，两人分了。后来，已经返回印度的小伙告诉她，你可以来印度找我。玛丽娅想了想，好吧，就义无反顾地出发。她背上了包，第一站到了泰国，然后是中国，也是她的目的地。她说，中国是她的梦，很小的时候就看关于中国的书，印象深刻，很想来。至于印度和前男友，管他呢。

　　可是，实现一个中国梦，现在很昂贵。当然，中国物价之昂贵，一些景点的性价比之低，在很多国际背包客中都很有名。但玛丽娅还是被惊着了，我们聊到工作问题，她说，没准毕业后，就来北京找个工作。那时我们正在皇城根溜达，她想看四合院，在一处四合院外，倒垃圾的大姐骄傲地告诉我们：这是私人会所，禁止参观。后来，我们偷偷摸摸地潜入一个没有关门的四合院，秋阳正艳，院里石榴树上挂着果实，鸟语花香。玛丽娅有点震撼，做贼似地抽出相机拍照。

　　跑出来后，她告诉我，这就是我的"梦之家"啊。我告诉她，你知道这一所院子值多少钱么？她猜了几个数字。我告诉她，也许需要一个亿。玛丽娅张大了嘴，那嘴巴，后来在我告诉了她北京房价，她与柏林做了一下对比后，也还没合上。

第三章

西藏

私人建议:

1.赏景。川藏线是一条不可思议的观景大道。

2.别担心高原反应，走川藏线是从低海拔到高海拔逐步升级，所以，你会在这个过程中慢慢适应高原。最重要的是放松心情。

3.除非你不在乎，否则，买好一份保险。

4.无论你去藏区哪里徒步、转山，请做好安全防护，为自己，也为他人。

5.如果旅费充裕，在参观布达拉宫时，最好请一位导游，你能从他们那里听到更多的故事，让你的眼睛所看到的景物活起来。

6.如果你喜欢当发现者，就别进那些攻略上常见的大馆子。你可以穿街走巷，也许一个毫不起眼、只有藏人的小馆子，会让你感受到舌尖上的西藏。

7.如果你是摄影爱好者，千万别拿着你的大镜头对着别人的脸拍。

8.请牢记"尊重"，对一人，一石，一花，一草。对神山，对圣湖，对信仰，都要报以最大的尊重。

9.去一趟青朴。那些修行者让我重新定义了"虔诚"这个词。

10.别傻了！"艳遇墙"前，通常坐的都是一帮爷们儿。

川藏线

川藏南线：从四川的成都起，经雅安、泸定、康定、新都桥、理塘、巴塘、芒康、左贡、邦达、八宿、波密、林芝，最后至阳光之城拉萨，全程约二千一百多公里，路上，海拔五千米以上的高山有两座，四千米以上的高山有十座。

2011年5月22日，星期天，早上，当我带着宿醉的灵魂要进入躯体，准备驱动他开始新一天时，站在我心口的那个充满哲学感的保安，又开始例行盘查：你是谁？你从哪里来？你到哪里去？

这个保安是最近才开始痴迷哲学的。以前，他可是个普通保安，一大早要问的是：几点了？会迟到吗？今天要干哪些活？早饭吃什么？

我的新名字叫木图，这是昨晚朝鲁给我起的蒙古名字，木图就是智慧的意思。我喜欢这个新名字，我喜欢我的新状态，我想把过去的一切都抛弃，名字、工作、爱好、习性等等。无忧无虑，每天醒来，就想自己在哪里，今天要怎么玩，跟谁玩。我一个月前离开北京，在贵州云南晃荡了一个月了，现在在成都。今天，我要出发走川藏南线。

川藏南线是我在北京出发前就定好的线路。我感兴趣的，一是川藏南线有中国最美景观大道之称。二是川藏南线据说非常凶险，塌方、碎石、天险。我隐约地喜欢这种刺激，可能是小时候看鲁滨逊式的故事看多了。

还有个险得冒。我在穷游网上搜索，找到了"川藏线王师傅"这个车队要组团。在网上搜索，查到以前的驴友，对这个王师傅的技术和人品颇有好评。但是，也有别的驴友发出警告：1.走川藏线的，正规车队几乎没有，你所能碰到的都相当于城市里的黑车。2.这样的车队大多没有保险，也就没有保障，出事了，认命。3.路上可能有交警和路政查这种黑旅游车，运气不好，就会被原地遣散。

我还是决定去。

出发了

　　成都夏日。一片灰蒙蒙，只有川妹儿们的大腿是白的。早上8点，宾馆楼下的街上，一溜停了五辆丰田4500越野车——原先，"川藏线王师傅"车队负责收费和联络的那个女士，说是只有二车八人同游。现在，变成了五车的大车队，有二十多个人。

　　我跟朝鲁对视一眼，无奈地笑。昨晚，我和我这位来自内蒙古留学英国生活在香港的队友吃了火锅喝了酒。我俩同一天赶到成都，住一个房间，很聊得来。而且，我俩都认为车队成员应该早点碰面，认识一下，再落实保险的事。但在这个火锅局上，我打电话，联系人说还有其他队友未到，晚点再说。举起酒杯，算了。我跟朝鲁说，随遇而安，不管怎样，完成走到拉萨的愿望就是了。

　　二十多个队友中，看起来多是二十八九到四十多岁之间的人，有两位老人。纳闷儿的是，根本没有一二十岁的年轻人！我和朝鲁往最近的一辆车

无论是开车还是修车，我们的司机技术都没得说。

里钻，里面已有两个队友，一个是老张，还是老乡，大厂矿培养出来的摄影师。他一脸络腮胡，戴墨镜，穿满是兜兜的摄影背心，一副90年代导演和摄影师的标准配备。另一个是老郑，来自东北，是大学教授，手里的设备也不差。大伙聊了一下，吐槽一下车队比原来的人多云云，就算认识了。这时，司机过来打招呼，司机姓苏，戴墨镜，叼香烟，穿件碎花短袖衬衫，有点流气，但性格开朗，很能聊。

说话间，传说中的川藏线王师傅出来了。精瘦汉子，双颊紧陷，一看就是经历过风雨的男人。他也不多说，连开场白都没有，从兜里拿出一长串卡片，告诉大伙，这是保险卡，每车派人来领，然后晚上上网开通即是。大伙虽然议论纷纷，但还是分别取了保险卡。然后，只听得王师傅大声宣布：走！

没有想像中的热烈，更没有想像中的壮士一去兮的悲壮，一群人哄的一声，纷纷钻进车内，跟挤公共汽车差不多。一溜越野车队，在成都的小车流中，耀武扬威地出发了。

走了一个多小时，在成都市郊的一个休息站，车队突然停住，只见司机们凑在一起商量，王师傅大声地说着什么，显得着急。老张不动声色，靠近那里，一会儿，回来了。原来是落了一个队友在成都的宾馆里，听说是新疆来的，老张说。老郑撇嘴，就没人通知他吗？这车队组织够差的。

最后，司机们决定，将一辆车内的队友分流到其他车，留下一辆车等，让掉队的队友打车过来。

车队继续往前走，在雅安天全县的一个路边店吃午饭。我们这个川藏南线旅行车队的第一次会议才开始召开——还不是全体会议，有队友还在后面追赶呢——每一车人刚好一桌，杂七杂八的意见，比如点菜要以什么口味为主的意见都进来了。王师傅看起来也没个准主意（后来，苏师傅说这大概是他组的最大的一个团），最后，他指定了一个领队，姓李，广东人，房地产从业者。他负责和司机们沟通，负责住宿、吃饭的财务支出。又指定了一个和李领队同在一车、也同来自广东的做财务，负责保管钱款。每台车再选一

个车长，负责与领队和司机沟通。车长的第一个任务是收钱：我们之前已经缴纳过500元的押金，现在再缴纳2500元团费，剩余700元，到波密后再交。另外，再缴钱充当伙食住宿费。

大伙也酒足饭饱，开始掏钱包，开着各种玩笑，其乐融融。掉队的队友终于赶来了，那哥们脸都憋成黑紫色了，与王师傅在远处急速地说着什么，大动作比划。

骑行者

美景可以冲淡一切不快和不安。更何况，还有旅途刚开始的新鲜感。

车队走走停停，有美景就停下来，供大伙欣赏拍照。在雅安，有川藏线茶马古道的起点。这条古老的文明贸易通道，如今布满青苔，像隔离带一样躺在大马路中间，一尊尊真人等高的雕像，背负着货物，它们蹒跚的姿态重现着这条古道曾经的艰险。我们继续前行，就到了长达四公里的二郎山隧道。苏师傅打开大灯，摘下墨镜，车子钻进了隧道里。他开始摆龙门阵，说自己在1999年就开始跑川藏线，那时开大货，隧道还在修建中，只能走二郎山顶的老川藏公路，有一段叫阴阳界，有一段叫鬼见愁，路况险得嘞！大货车转弯时，后轮胎就会悬在悬崖边外。二郎山可死了不少司机。

钻出隧洞，看到了不少徒步者，也有搭车旅行的，拇指向上，国际通用的求搭车手势。但是我们的车个个满座，无法搭人。大伙开玩笑说，要是有漂亮姑娘，怎么着也得让她上来。再往前走，是一队骑行川藏线的，艰难地蹬着自行车爬坡。老张和老郑摇下车窗，拿起相机咔嚓起来。那些骑行者都有一张年轻的面孔，被太阳晒得黝黑，他们在车上直起身，慢慢地往上骑，看到镜头，还会伸出大拇指或者一笑。我也莫名感动，向他们敬礼致敬。我顿时也明白了，为什么我们车队里没有一二十岁的年轻人，原来这些年轻人有这样更具冒险精神又不失浪漫的玩法。这还不算，再走一段，又看到一支来自武汉的中老年骑行队，自行车头盔下是一头白发，他们骑不动了，推着车爬坡。

全长4公里的二郎山隧道，这边阴天，过了隧道天就晴了。

之前自己心里那种略显得意的冒险感，在这里就幻灭了。

晚上，我们夜宿海螺沟。海螺沟在四川甘孜的东南部，位于贡嘎神山的东坡，以低海拔现代冰川著称于世。第二天，早晨7点半我们就坐海螺沟的班车进山。我出生在山区，原本以为自己对山已经没有太多兴趣，但这里的山之高、之奇还是让我震撼了。

一个多小时后我们才抵达海螺沟冰川入口。我们自由组队，下车还要步行约3.5公里，穿越山坡和沟壑，才能看到冰川。我和朝鲁以及来自昆明的

小亮、他的女朋友小孙组队，我们几个年岁相仿。上山时雾气很重，我们都有点怀疑可能看不到冰川了。果然，下到沟底，目力所及，只看到一片灰突突的乱石，根本看不到冰雪。小亮是户外好手，有经验，提议往沟里走，于是在大雾里，我们翻越一个个小山峰，终于看到了一大片冰川，很是壮观。雾气越来越浓，显得仙气缥缈，抬头，忽然看到远处的天空上有一个尖顶建筑，呈天蓝色，如天庭一般，美轮美奂。我们大喊大叫，谁也不知道那是什么，刚想拿出相机拍照，谁知道雾气忽然散尽，我们刚才看到的仙境，一眼能看穿，那个蓝色尖顶，原来是索道在山腰上的钢铁支点。这时再看，与背

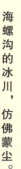

海螺沟的冰川，仿佛蒙尘。

后的青山那么不协调。往下游看，数百米开外已没有冰，逐渐涌过来的游客，垃圾袋，光秃秃的石头，很是难看。我们笑称，看景如看女人，要朦胧才美。真相背后，也许就是不堪啊。

从海螺沟出来，已是下午三点。下一站要赶往新都桥。先是翻越3830米的雅加埂，车子盘旋而上，遇到大雾，能见度不足十米，几辆车的司机都有步话机，互相通知的路况。在山顶又看见下雪，这是我在2011年第一次看到下雪。不过，五分钟后，我们翻到山后，竟然阳光灿烂，如此天气，真是让人叹为观止。下了雅加埂就进入康定县，第一

天的拘束已经散去，我们哼唱，跑马溜溜的山上，一朵溜溜的云哟，端端溜溜地照在，康定溜溜的城哟……四千多米的折多山上，依然是大雾，我有点紧张，问苏师傅，这一路全都是这种山路么？苏师傅嘿嘿一笑，手里紧打方向盘说，别紧张，这根本不算什么吗，后面还多得

走近看，冰缝尚留白色。

是呢。不经历风雨，哪能见到彩虹呢是吧。

还真让苏师傅说中了，下了折多山，车行到新都桥，正下小雨，老张是第二次走川藏线了，他说，新都桥是藏区的小江南，也是摄影师的天堂，在这里拍个七天七夜都不嫌烦。这里有神奇的光线，有草原，有金黄色柏杨树，有牛羊，有山峦，有藏寨，处处景不同啊……正说着，苏师傅突然一脚急刹车，然后大喊一声，彩虹，就抄起了自己的相机冲下车，我们回头一看，竟然是双彩虹，这是我生平第一次看到双彩虹。大伙发疯一样下车抢拍，等彩虹过去，太阳出来，背后的雪山也看到了。

朝鲁对我说，看到双彩虹的人，是会走好运的。

我是需要好运了。

一个短信

夜宿新都桥，翌日要赶往稻城。赶了一天的路，大伙在旅店的大堂里就东倒西歪了，李领队还在认真地和经理商量价格，然后分配房间钥匙，交代第二天几点出发。从房间出来，吃晚饭，同桌有人不乐意了。"怎么净是这些广东人口味的菜啊。"说话的是秦皇岛的袁姐，在车队里八面玲珑，跟谁关系好像都不错。有包打听早就探出她的身份，说她有一个即将上大学的女儿，离婚了，爱好摄影。"咱们应该轮着点菜，你们说呢。"袁姐环视一桌，老张、老郑、我和朝鲁都开始低头夹菜。"老张，你是车长，你得把群众的意见上报一下啊。"做了多年工厂宣传干事的老

在新都桥，看到双彩虹。

66

张，软绵绵地接招："那是，那是。"

　　吃罢饭，我在床上打开电视，漫无目的地打发时间。这时手机响了，打开一看，是小江的短信：一切正常，他们的钱准备得差不多了，放心。

　　小江是房产中介。如果你不买卖房屋，那或许你会觉得这些整天西装革履、打推销电话从不分场合时间的人很讨厌。但如果你买卖房屋，他们就是无所不能的天使。我离开北京前的一个月，暂停了工作，专心卖房，天天周旋于中介和客户中间。我会与中介合伙做戏，步步紧逼意向客户签约；当然，我也要提防中介与客户（甚至有中介雇来的假客户）做戏，来吊着我，保持住这个难得的房源。越有客户夸房子不错，我越难受，就像要卖掉女儿一样。不过，我急于出手，我急于摆脱这一切，急于去旅行，急于找到我自己，急于过上新生活。

2011年的春天，限购令笼罩下的北京楼市跟天空一样灰蒙蒙的，没人能看透。我也看不透那些看房者，孤独的老太太，要为还在留学的闺女买房；抱着孩子的中年夫妇想换大房；国贸上班的一对白领，想为自己买套婚房；唐山的小老板，想为刚毕业的孩子买套房；一对恋爱中的男女，兴高采烈地看房，而负责付款的是他们身后跟着的父母……他们的身高、胖瘦、穿着、口音各异，但在我看来，他们都有一个面孔，那是一张典型的中国市民的面孔，在现实中挣扎，对未来的恐惧不安，都写在脸上。

最终，小江为我带来了买家，他们也有一张这样的面孔，夫妇俩都二十七八岁，结婚，准备要孩子了。签约后，他们四处筹钱，准备在过户日把最终的钱款付清。北京的房价，对平常人家来说，不是一个小数目。签字时，他们的表情有点落寞。这令我沮丧，因为我觉得，无论他们拥有这套房子，或我放弃，我们的心理家园都是荒芜一片。

4月份的一天，我在提笔签字前，小J说，"先别签，快用手机上网。"我很奇怪，"干什么啊？""查查彩票中奖没？要是你现在签了，中了500万就不能分你一半了啊。"小J嬉皮笑脸地说。我哈哈一笑，打开手机，当然没那个运气。我在那页纸上写下了自己的名字。

我和小J离婚了。我和她，就像沙漠里的两个旅人，曾携手扶持，走过荒无人烟。终于走到了绿洲，喝上了水。但前方出现了岔路，她选左，我选右。

越野车

我要走我的路。

第三天，我们上午9点从新都桥出发，晚上9点才赶到稻城。这一路，翻越了五座大山，最高海拔是4718米的卡子拉山。川藏线不愧是景观大道，沿途风景令人震撼。即便我们走走停停，下车拍照，活动身体，但这样长时间坐车，老腰还是有点吃不消。

我们一车的人，已经开始熟起来。苏师傅很活跃，不停挑起话题，车里也从没有冷场过。苏师傅说这次的几个司机，跟王师傅都是同门师兄弟关系，在成都都很熟悉，这次参团的人多，王师傅一叫，大家就来帮忙了。

我注意到王师傅和苏师傅的相机都是专业机器，价值不低。苏师傅哈哈一笑说，就是个爱好，老跑车嘛，自己买一个玩玩，拍照回家给老婆看。他有一个漂亮的老婆和一个可爱的女儿，还有一个汽修厂，现在生意不忙，跑车只是赚个外快。聊得兴起，苏师傅从储物格里抽出来一个相册说，你们看看，今年过年都烧成啥子了。我们打开相册看，相片上是一个烧得只剩下架子的车。过年时，汽修厂着火，车烧了，后来，花了老子好多时间和钱，才又装好了。苏师傅很得意，就是咱们现在坐的这辆，你看，现在不一点都没问题，照样跑川藏线。

我心里一惊，但还得表现出无所谓撑面子，只好向朝鲁说，咱的保险卡你确定开通了？大伙都笑起来，也不知是真是假是怕还是显示胆色。常跑这

山顶上，放牛的小姑娘。

69

条线的车队，谁会去买新的丰田4500啊，那太贵了，大家都是买的旧车。 苏师傅说，别怕啊，我们师兄弟，技术好得很。

这倒是，王师傅是头车，开得又快又稳，后面的都跟得紧。几个司机都常走这条线，风土人情熟得很，还是优质导游。另外，现在怕也来不及了，我只能在心里祈祷平安。

看着车窗外那些雄伟的高山、湛蓝的天和仿佛触手可及的白云，你会觉得生活还是好的。在卡子拉山上，我们看到了一群牦牛，牧牛的小姑娘替我们赶走了汪汪叫的狗。她站在齐腰高的围栏上，看着停下来观光的车队和穿得五颜六色的人们。我问她几岁，她只会说简单的汉语，10。问她上学么？不。

小姑娘的腮帮上满是高原红，一直咧嘴笑，能看到她掉了两颗门牙。

疲倦感

第四天，我开始出现疲倦感了。

苏师傅早就说了，刚开始的这几天，大伙因为新鲜，都好熬。最困难的日子就是走了四五天后，厌倦情绪就会上来了。正是此时。

在波瓦山上打了2011年第一次雪仗

70

大自然营地大通铺，在这里，我第一次也是唯一一次感受到高反。

　　高山也几乎是一样的，山脚下是郁郁葱葱的植被，山腰的植物就低矮，到了最冷的山顶，只剩下匍匐在地面的绿草。穿过花海和牛羊点缀的色拉草原，就到了波瓦山，藏语意为"英雄、勇敢的山"，是一处天险，每当色拉人受到侵犯，就会退守在波瓦山里，这里易守难攻，也出了不少好汉。波瓦山有4695米高，在山顶，连草色都看不到了，因为上面在下雪，我们在这里打了2011年的第一场雪仗，山太高了，我们稍微一活动，就得像狗一样张嘴喘气。

　　下午四点左右我们抵达亚丁。晚饭前，我和朝鲁、小亮及小孙徒步到亚丁的一个峡谷，沿着一条小河流，一直往下走了三公里。河道越走越窄，我们不敢再走下去，就逆流而上，看到岸边的山上有藏民的家，就过去看看。没想到，我们来的洛绒家，正是我们所住的大自然营地的宅基地的主人。洛绒家的房子像个大堡垒，最高一层有猎获的各种猎物。他也向我们推销他家采到的虫草。晚饭后，大伙不想那么早钻进大自然营地的大通铺里睡觉，就约了到洛绒家喝酥油茶。

　　那是真正的酥油茶，油和茶打得都分不开了。朝鲁说："多喝点，这个能防止高反的出现。"那晚大伙重在聊天，各种话题，各种插入。为什么出行？有做生意做到郁闷的，有在城市生活到压抑的，有在婚姻泥淖里拔不出脚而当逃兵的。第一天就掉队的那个来自新疆的队友，也是结束婚姻，安排好家事，就出来旅行。"我来之前，可是遗书都写好了。"他说。

我心里一紧。我出发前，把我所有的东西打包，只有4个大箱子。我给我的朋友那里放了一张纸条，交代他，如果我11月还没回来，就把那张纸条交给我家人。每周，按照惯例，我还是给家里打个电话，告诉他们，今天北京的天气如何，我自己又做了什么好吃的云云。

洛绒家的灯光很弱，那围在长桌前的队友们，突然陷入了沉默。这是大伙第一次在一起玩，我感觉，我们这拨人各怀心事，不像是来旅行，而像是在逃避，川藏线，就是大伙的疗伤所。

那天晚上，我第一次出现高反，额头像被锤子一下下敲击。没想到出现高原反应竟然是在2900米低海拔的亚丁。我分析原因：大通铺睡的十几头汉子，把木板房里稀薄的氧气吸光了。

早上5点多，我决定不睡了。我第一次用睡袋，感觉特别热，晚上翻身也困难，再加上高反造成的头疼，还是早点起来吧。我先到山下的河谷里洗了脸，又吐纳了滞气，感觉好多了。

亚丁位于甘孜州南部稻城县日瓦乡境内，景区以仙乃日（藏语观世音菩萨）、央迈勇（藏语文殊菩萨）、夏朗多吉（藏语金刚手菩萨）三座雪山为核心区域，雪峰、冰川、森林、溪流、瀑布、草甸、湖泊排列期间。这里就是传说中的"最后的香格里拉"。我们先徒步到仙乃日峰，近距离看到大雪山。告示牌上写着：不要大声喧哗，以免引起雪崩。然后，又走到洛绒牛场，这里是一大片草甸。一天里，经历了雨、雪、艳阳、冰雹等天气变化，犹如在一天里过了四季。这里真是仙境，徜徉其间，俗世的一切都会忘记。

在洛绒牛场的草甸上，我看到了一个藏族青年在挖虫草。他叫旺堆，来自四川甘孜藏区，在这里做建筑工人，中午休息时间来挖虫草。虫草，是虫和草结合在一起长的一种奇特的东西，冬天是虫子，夏天从虫子里长出草来。虫是虫草蝙蝠蛾的幼虫，草是一种虫草真菌。很多人认为，这是一种对身体有保健作用的珍品。据李领队说，在广东，虫草的价格比黄金还要高。这一路走过的高山，都能看到大批藏民在挖虫草，他们把摩托车停在路边，穿着草绿色的军大衣，匍匐于地，认真地搜寻。虫草长在3000～5000米的高山草地灌木带上面的雪线附近的草坡上。每年5月中下旬，当冰山上的冬雪开始融化、气候转暖的时候，长出的虫草品质最好。所以，我们沿路无论是在宾馆还是在饭点，总有藏民包围你推销虫草，从5块钱一根到300块钱一根的都有——苏师傅屡次阻止我们买，说假的多，有的还浇灌了水泥。

亲眼看着这个来自四川藏区的小伙采到了一颗虫草

旺堆跪在草地上，用双膝撑地前行、搜寻，突然他发出一声喊，虫草！然后像一头出击的猎犬，一下子跳出两米开外，右手按住了一株褐色的植物，仿佛怕它逃跑，一手紧握，一手从四周深挖将虫草挖出。旺堆拿给我看，虫草躺在手心里，实在是平淡无奇。"你要买么？老板？"他问。"300块！"

我实在想不出这样一根昂贵的植物，有什么功效。即便能治病，能治好心病么？

那天我们又返回稻城住宿。回到旅店，吃罢饭，我又看到李领队在跟老板起了高腔，好像是为了一些折扣。何必呢，又没多少钱，还是大家的钱。我对朝鲁说，广东人就是会过日子。

领队辞职

广东人不光会过日子，还会做生意。

这一天我们的目标是走一段滇藏线，赶往飞来寺，第二天看梅里雪山。时间紧，中午在漂亮的香格里拉县城吃完饭，单单少了李领队那一车的人，一打电话，说是在市场买虫草，一会就过来。怎么能在这里买虫草呢？苏师傅嘀咕道。半天，李领队他们回来了，看起来收获不小。才15块钱一根，小一点，但是回到广东，价格至少翻番，我买了200根。李领队倒也不避讳露财。

车队继续走，进入得荣县，沿着得荣县的那条大河向下走，到与金沙江汇合处，进入云南境内。我们突然得到消息，前方在修路，主路已经封闭，要么停下来等，通路时间不定。要么，就想别的办法。王师傅召集几位司机商量了一下，决定走小路。那是一条地图上都没有的山路，也是村级公路，盘山而上，窄、陡、险，还是搓板路，几次拐弯时，我都以为车头已经悬空了。吓得我手心出汗。苏师傅也是第一次走这条路，真是冷静，举重若轻。最后我们进入奔子栏管辖的山区，又翻越了白马雪山，又看到了晚霞时的梅里雪山尖，再下雪山，到德钦，进入飞来寺，入住时已经是晚上10点多。

累，极累。虫草炖土鸡也难以抚慰连日来的舟车劳顿，仿佛到了一个极点。所以，李领队在饭桌上突然辞职的事，并未引起多大反响。李领队说，我出力不讨好，为大伙服务，还老有人说我抠，为了几毛钱的账对不上，就斤斤计较。结账也慢，拖拉大伙的时间。从明天起，我们几个人包车，但是我们包括司机的食宿自理，不再跟大家混到一起了。

王师傅显然早就知道了李领队闹"自治"的这个事情，吸着烟，也不站起来。他说，我们在路上也没几天了，这样好了，你们再推选一个财务，负责给大伙管账。新财务是区小姐，以前干导游的，还有导游证，在亚丁，她还拿自己的导游证帮同车的人买打折票。你知道吗？袁姐推推我，小区这是第二次跟这个车队了，跟王师傅很熟的。

吃罢饭，在走廊里碰到李领队，他说，想给中国人服务，真难！

74

日照金山

传说，只有带着灵魂来的人，才能看到梅里雪山的山顶。

早早就把相机摆好的老张和老郑，都不是第一次来，前一次都没看到山顶，更没拍到日照金山的奇观。

早上六点，拉开窗帘，看窗外并没阴天迹象。远处巍峨的梅里雪山，光是6000米以上的高峰就有十三座，号称"太子十三峰"，主峰卡瓦格博峰海拔高达6740米，是云南第一高山。

我看到梅里雪山的山腰、山尖处，有一条厚云，像一条洁白的哈达缠绕。但那些云是动的，慢悠悠飘着。六点一刻，云被吹走，卡瓦博格完全现身。不一会，朝阳制造的金色开始从一边慢慢渲染梅里雪山，山峰像是一个金灿灿的元宝。再过一会儿，阳光更强，金黄的山顶仿佛开始发射光芒。这一幕把我震撼得目瞪口呆。我看过很多游记，说看到日照金山这一刻，激动

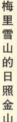

梅里雪山的日照金山

地想流泪。他们没骗我，是这种感觉。那是作为一粟，见到沧海；作为一人，见到银河而产生的渺小感。

我虽然起得早，但也无心补觉。出了宾馆，去最近的梅里雪山观景台。观景台上，很多藏人面对梅里雪山磕长头，虔诚至极。

手机短信又响了，是小J的妹妹，问我什么时候回京，想跟她丈夫一起请我吃饭。想了想，没回。我打了小J的电话。小J还没有把这件事告诉自己的家人，她是一个有主见且倔强的女孩，这是她的决定，我接受。她让我不用回，时机成熟，她会自己说的。过户的事，你放心，我盯着。

挂了电话。我买了一把柏枝，一包五谷杂粮，一把香，围着佛塔，按顺时针方向转，学着藏人的仪式参拜。不为富贵，只为平静。

远处的梅里雪山峰顶，又隐进了白云中。

孩儿们

前一天晚上，我们住在了芒康县城。第二天早上要赶路时突然发现，老郑居然不见了。一通电话联系，老郑才从外面回来，说他睡不着，去外面遛弯了。他一脸无奈，也不看老张，只看着司机们。怎么也没人通知？昨晚就应该告诉我们几点出发啊。王师傅也不说话，吸烟。苏师傅也纳闷儿，怎么

在如美镇和骑车小孩比赛了一场，我输了。

出稻城去香巴拉的路上，给孩子们大白兔奶糖。

就不通知他？老张不跟他睡一个屋么？

6点半我们出发，因为接下来的路段破烂，我们想早点走，避开最热的天气和尘土飞扬。谁知道，路上连续碰到了两拨军车，每一拨都有百辆之多，我们只好停靠在路边等军车优先通过。道路太窄，车队太长。一户藏人，看起来是要搬家，赶着一群牦牛和羊，人可以等，羊儿可不愿意等，它们蹒跚着上了山坡。藏家的孩子，大的像是姐姐，小的是弟弟，都有着高原红的脸蛋，穿着破旧的衣服。看到羊儿离开了队伍，他们急得连攀带爬，要把羊儿赶下来归队。

两个小时后，我们才开到如美镇，在路旁的小店吃早餐。小店前是一大片土场，有三个孩子，骑着儿童自行车从村里窜出来，看着我们。看到有人注意他们，就一圈圈地比赛着骑车。我提出跟他们赛车。当然，我是最后一名，在那么低的车上，我的腿都伸不直。他们的奖品是我最后一把大白兔奶糖和一包铅笔。这是我准备的礼物，攻略上说，糖很受孩子们欢迎。当然，看起来孩子们也欢迎我们，一路上穿村过镇，能看到很多放学的孩子，远远看到车队，他们会停下来，敬一个少先队队礼，然后继续走。虽然有些孩子的敬礼看起来很随便，并不像是出于真心的欢喜。我对这种学校强行灌输礼貌感的做法也有点反感，孩子们应该有他们自己的天性。我也看到过异类，一个漂亮的小姑娘，在敬了礼后，随手来了一个飞吻抛向我们这个车子。我喜欢这个。

别给了，别给了。苏师傅在旁边说，惯坏他们了。我不以为然。

没过多久，我们要下一座高山，拐弯时路过一个村子，要减速。一群孩子又涌了过来，他们这次要钱。我连大白兔奶糖都没有，就摇手。车门突然一下子被拉开了。苏师傅大喊，快关门。我反应不慢，一把拉上车门。苏师傅一踩油门，车子轰了出去。车厢传来几声被石子击中的砰砰声。

刹车

医学上讲，男人也是有生理周期的，不流血，只流失精气神而已。在"那几天"里，男人往往会无端变得情绪低落、烦躁易怒，做什么都不顺心，注意力也不集中。

我的生理期到了。翻越5000米的东达山，我已经完全没有什么惊喜感，甚至懒得下车去观光。但车里狭小的空间，又让我烦躁。心里还挂着一个事

吃上了左贡馒头

儿，最近几天，就要过户房子了，上天保佑，一切顺利，别出什么意外。

　　有些事情，只有失去了，才知道珍贵。比如，没有了李领队，才觉得他以前做得多么出色。这几天，我们的食宿基本处于无政府状态。司机给拉到宾馆，大伙就自己去前台办入住领钥匙；到了饭点，也没人再统一点菜，往往需要推让半天。李领队他们那一车，看起来倒是自由自在的，一直欢声笑语。那天的午饭在左贡吃，不知道是谁点的，又是一桌川菜，几乎全放辣椒。川藏线上的川菜，其粗糙程度，就像是车子走在德荣的那条搓板路上，完全无法顺畅地进入胃中。好在我在一个甘肃人开的馒头店里，买到了几个馒头，这是一周来我第一次吃到馒头，非常开心。

　　离开左贡，就是美丽的邦达草原了，接下来就是业拉山著名的"九十九道弯"。朝鲁对数字敏感，他一路数着，哪里是九十九道弯啊，至少三百多道大弯小弯，光U型弯就将近三十个。苏师傅也打起精神，小心驾车，他的车技自然是没得说，这段路几乎是百米之内无直路，刹车、拐弯、加速、刹车……

　　我突然意识到，苏师傅一直在用步话机给后面小亮小孙那辆车的司机李师傅通报路况。前边来了一辆家轿，又一辆大货……这种情况持续了两天

79

了，而李师傅那辆车就一直跟在我们后面做尾车，从不超车。我把这个疑问问给苏师傅。"后面那辆车啊"，苏师傅边打着方向盘边说，前面又来了一辆大货车，"后面那辆车刹车坏了。"

什么？我们车上的人都惊了。

在理塘就坏了，苏师傅说。海拔4014米的理塘是世界上海拔最高的城市，但是那里并没有丰田4500的配件，这一路都没有，只能到拉萨去修。"放心，李师傅技术好着呢，靠离合和手刹就行。"苏师傅说。

我脑子迅速想，要不要立即短信知会一下小亮和小孙。但马上打消了这个念头，他们如果知道，还会坐那辆车么？车队还能继续走么？

下了山，我们又沿着怒江逆流前进，过了军事重地怒江大桥就到了通麦天险，一边是悬崖，下面是澎湃的怒江水，一边是陡峭的大山。苏师傅说，这一段路，滑坡和泥石流多。最危险的天气是大风和小雨，会把山体上的小

石子弄下来，这些小石子飞到车上，会致命的。苏师傅小心翼翼，探身观察着前面的路况和山体上的动静，还要通知后车的李师傅。

在一段比较平坦的路段，我问他，走这段天险，有什么经验和诀窍吗？

有。

是什么？

运气！

爆发

川藏线之行第九天。我们大约在上午十点钟赶到了然乌湖。然乌湖是由山体滑坡或泥石流堵塞河道而形成的堰塞湖，因紧靠川藏线而成为必看景点。

那天下雨，烟雨中的然乌湖美得像一幅水墨画。但大伙的兴致看起来都不高。这和连日奔波与下雨天有关系，大家都躲在靠湖的宾馆大堂里打牌

波密的美景醉人心

聊天。到了中午十二点，饿得慌了，看还没有开饭的意思，我就去问正在打牌的司机。王师傅不在，开了房间在睡觉。苏师傅说，找小区啊。我去找小区，小区说，谁都可以点菜啊，你也可以啊。

我心底里郁结的那股邪气，连同这几天的情绪，一下子被点爆了。

我冲出大堂，大声喊王师傅。当初不是说二车八人吗？不是说全程保险吗？我们交了钱怎么变成无人问无人管了？你这个实际召集人为什么从不出头协调呢？

但我找不到王师傅，我的邪火无处发泄。我找老张，你不是车长吗，我走正常程序，你把我的意见带给王师傅。我故意大声说，我知道他不会的。老张只是点头。他要跟这个车队走全程，到拉萨后，要走青藏线回成都，他不会得罪司机的。

但我明天就可以到拉萨，就可以脱离这个车队。即便把我扔到然乌，我也可以搭车过去。

来自杭州的装哥劝住了我。他说咱们先吃饭，饭后再说吧。那顿饭的气氛很诡异，我出去拿东西，老感觉到王师傅拿眼神瞟我。饭后，王师傅从自己的车里拿出一张纸，问我是否走全程，我说我到拉萨——在上午出发前，他通知到然乌（原定是到波密）要将剩余的七百块钱交上。而我的意见是，组织奇差，只有到了拉萨才交。

装哥主动主持了那次会议，他提议，五名司机里出一个带头人，与各车车长和财务来协调食宿问题，虽然还有两天，但大家要顺利和开心地走下去。我强调，王师傅作为组织者，应该起到……

王师傅霍地站起来，打断了我的话——之前，他叫喊大伙今天一定要交钱时，要求别人不要打断他的话的。王师傅还是在说，司机也很辛苦，我们把你们拉到该去的地方，又没有少公里数，在某某某改变行程是因为某某某……

装哥赶紧打断了他的话，说，你们俩所说的不是一个问题，是两个事情。

我观察周边，大部分人都不动声色，只是看，仿佛这些事跟他们没有关系。只有袁姐激动地站了起来，一开口，吓我一跳：就剩两天了，委屈一下

82

走不就行了吗？多这一事干吗？

王师傅突然拂袖而去。一会儿，又回来激动地吵，被其他师傅架了出去。

最后出来平息局面的居然是李领队，他说只要大伙继续信任他，他愿意继续当领队，继续由他负责统治各车长，以后由装哥负责点餐，小区继续担当财务，每天路程由司机和车长综合来的意见一起决定。

广东人革命，江浙人出钱，湖南人流血——我这个混在北京的河南人呢，点火！

在大堂外，小亮差点跟王师傅动手，被拉开了。他和小孙早就知道自己的车刹车坏了，但是只能往前走。小亮和小孙原定是要走回程的青藏线的，交的订金更多，他们想取消下半段行程，要回多出的订金，王师傅不肯。

我心里的邪火发泄出去了，蹲在一边，隔岸观火。我心想，王师傅这人，也不坏，一是倔，二是完全没有服务意识嘛，其实他只要稍微一改进，生意还能更好。小孙过来说，吃饭时，老张在王师傅那个桌，把所有事都往你身上推了。那已经无所谓了，我还要继续，目标是拉萨。我们都交了剩余的钱款，继续往前走，目标是波密。在车上，苏师傅突然说，兄弟啊，今天这把火可是你点起来的。我笑笑，没说话。苏师傅说，说真的，我们都是师兄弟，今天要是动起手，我们肯定都要帮着王师傅的。我说，我知道。

我拿出手机，又看了看两小时前接到的小江的短信：明日过户。

拉萨！

2011年5月31日，川藏南线第十天。

车外，林芝的风景美得出奇，远处轻烟绕山，近处有大片绿色的草甸，黄色的油菜花，色彩浓郁、分明，像画家的调色板。车内，气氛活泼得有点诡异，我们一车人，轮着讲黄色笑话。老张也紧着贡献段子。

午饭是在鲁朗镇吃的，吃的是本地特色石锅鸡，大伙互相说笑，争先恐后地吃。石锅鸡升腾出的氤氲，模糊了前一天发生的事。

我终于接到了那个银行短信，提示属于我的那部分到账了。我还是给小J

路边的藏族大娘和她的孙女

发短信：我有钱了。

良久，小J回：今天是我生日，来北京十年，我又成为一个没有家的人了。

最后一句话直击我心。草草吃饭，照集体合影。钻到车里，我一把扯过头巾，捂在头上，失声痛哭。朝鲁在我旁边，拍拍我的肩膀，不说话。苏师傅吓着了，别这样，都三十多岁的人了……车里没人讲笑话了。一个小时后，我又挑起了讲笑话的对抗赛，然后是唱歌，把所有的歌都唱成河南梆子味儿，惹得大伙疯狂地笑。车子继续走，翻过抵达拉萨前最后一座超过5000米海拔的米拉山。车子又冲进无边的夜里，两边的杨树高大整齐，恍惚间，我觉得这是直通老家的那条归乡路。

一见到城镇，我就问苏师傅，是拉萨到了么？见到灯光集中，也会问，是拉萨到了么？终于，晚上十点多，苏师傅指着前方的一片灯火说，就是那里了。

我在车里歇斯底里地喊，拉萨！拉萨！拉萨！

84

拉萨，布达拉宫前。走到这里，才知道拉萨并不是我旅行的终点，我要继续。

85

路人9：朝鲁

　　我开始猜，这一路上，朝鲁磕下的那些长头，是否与这个"老女人"有关。

　　我和一路从川藏线走过来的朝鲁，在拉萨待了几天。

　　我在拉萨，每日晒太阳，喝甜茶，与新认识的朋友们聚会。拉萨是一个驿站，我的身体和精神都需要休息。朝鲁则去羊湖，去纳木错，更去寺庙，不用猜，在寺庙里，他一定会磕长头。朝鲁信奉黄教。

　　我第一次看到朝鲁的虔诚是在贡嘎郎吉岭寺，那天寺庙里空无一人，只有我和他，热心当向导的和尚一离开，他就五体投地匍匐，双手向前直伸，起身，再伏。川藏线上，我们看到很多藏人，从故乡始，手戴护具（或许是双拖鞋，或许是木板，或许是剪开的矿泉水瓶），膝着护膝，眼神坚毅，脸覆灰尘，沿着道路，三步一磕，直至拉萨。

　　朝鲁是一个长在呼和浩特的汉人。他对蒙古文化也异常感兴趣，ipod里塞满了蒙古长调，他会认真地请我听什么才是真正的"呼麦"。他还给我取了个蒙古名字，叫木图，是"智慧"的意思。朝鲁，则是"石头"之意。

　　我俩的名字应该换换，他可比我智慧多了。他在英国留学，考过了极难的国际注册内部审计师，在新加坡和香港工作过。走到半路，他还接到过前公司的人从海外打来的电话，有一些问题处理不了，专门向他请教。走"九十九道弯"时，他能清楚地说出U型弯的数字。他人也讨喜，三十岁的人，一张娃娃脸，见人就笑，哥啊姐的称呼着。

　　在拉萨，有一天傍晚，他告诉我，有位伯伯要接他去吃饭，晚饭就不跟我在一起吃了。傍晚，我就看到一辆有警卫员的军车将他接走。又回想一下这一路来他的气度表现……

贡嘎郎吉岭寺

他为人很低调，川藏线第九天，他才委婉地表达，能否让他坐一次靠窗的位置。我们一辆丰田越野坐五人，除司机外，有两个摄影爱好者，年龄颇大，副驾驶座和后排的一个靠窗位基本都由他俩包了，我自持是"哥"，坐另一个靠窗位，中间的位置属朝鲁。"哥，那个位置坐起来实在太难受了。"

这一路，我们老泡在一起，难免要聊聊女人，他心里有一个"老女人"，比他大三岁，在香港认识的，是个台湾姑娘。在台湾，她的家族生意做得不错，人也古灵精怪，比如说，前年俩人在凤凰泡吧，在墙上看到一个求艳遇的电话，"老女人"二话不说，操起朝鲁的手机就发了个短信过去。居然真的过来个女人，朝鲁只好告诉人家，是自己的女朋友闹着玩，于是三人在一起聊天喝酒，不亦乐乎。

朝鲁给我看了手机上的照片，女孩属于娇柔型的，看起来就冰雪聪明。"可不，我带她到呼和浩特，一天时间，我家上上下下都打点好了，"朝鲁笑着，把手机收起，"但就是过不了我妈妈那一关。"轮到我笑，跟他讨论爱情和婚姻啊，就是个闯关的过程，一切都得去面对，去沟通，去克服。我开始猜，这一路上，朝鲁磕下的那些长头，是否与这个"老女人"有关。

我俩在拉萨分开，我继续休息。他先返家，然后要与"老女人"汇合去敦煌。朝鲁生日那天，我发短信过去问候，朝鲁人已喝多，"老女人"接管手机，偷偷告诉我：他尽在我掌握，跑不了的。隔空我也能看到"老女人"那一脸得意的笑。

9月，我已回京，得知朝鲁在台湾，"老女人"的弟弟结婚，然后，他俩会去意大利玩一段时间。殊不知，之后两个多月他音信皆无，什么方式都联系不上他。直到11月下旬的某天，他突然在网上冒出一句："活着真好"。

接下来的故事异常悲伤。在台湾，就在他俩启程去意大利的前一天，"老女人"的叔叔请他们吃饭，竟下狠手绑架了他俩，因为家族利益纷争。"最后，我们从一个仓库里被警方救出，她快窒息了，我说，撑住啊，快到医院了。可她说，我实在撑不住了……"朝鲁在那头沉默，我亦然，也不忍再听下去了。只知道他接受了很长一段时间的心理治疗，才恢复过来。

有一天，朝鲁给我发了一首他最爱的蒙语歌曲，哈琳的《吻你》，悠扬深邃。那歌是这样唱的：

银色月光，洒在你脸上。你纯真脸庞，像个孩子一样。

马头琴悠扬，是谁在歌唱，请别吵醒我，心爱的姑娘。

吻你的脸颊。

吻你的长发。

靠在我（你）胸膛不管夜多漫长。

吻你的善良。

吻你的坚强。

有你在身旁，心就不再流浪。

路人10：洛桑

6月 西藏山南

我问洛桑对死亡是怎么看的。洛桑想了想，说："就像一辆公共汽车，到站了，你下来，换一辆车，继续走，就这样。"

那天是周日，清早六点半，很冷。我揉着眼睛，打着哈欠，跟同伴爬上了停在桑耶寺门口的吉普车。

前一天，向桑耶寺外面的川菜馆老板打听，攻略上写的专拉朝圣者去青朴的大货车在哪里坐？老板一惊，你们还坐啊？去年上山就翻了一辆咯，死了不少人，现在没有了，只能坐摩托车或吉普车，贵点儿，桑耶寺外面就有。

桑耶寺

安全起见，我们还是选择了吉普车。目的地是青朴，藏传佛教著名的清修地，据说到了桑耶而不去青朴，等于没来。

天还黑，车灯开着，隐约能看到车内。车厢改装过，两侧各一排座位，共坐九人，除了我俩，还有五个藏族阿姨，对面是一对藏族男子，都没穿藏装。那个中年汉子有一只眼睛受过伤，人很慈祥。年轻人戴副金丝边眼镜，斯斯文文的。桑耶在山南地区，离拉萨还远，我们坐了三个小时公车，在雅鲁藏布江上摆渡一个小时，再坐面包车才到。经验告诉我，车上的人会说汉语的应该少。那就互相点头，笑笑，算是打招呼。没想到，那个眼镜青年竟用普通话跟我问好，挺标准的，问我们从哪里来。我也惊讶，粗粗一聊，他

90

叫洛桑，在河北保定上的大学。藏地出个大学生不容易，我们夸他是高材生，他连连摆手。

青朴位于离桑耶寺还有十五公里的纳瑞山腰，爬山路，车辙道，路况极差，路上多是不怕人也不怕车的野兔，蹦蹦跳跳，我们的车也是蹦蹦跳跳，太颠。车的噪音也大，我跟洛桑也没多谈，太险的地方，他会对我们笑笑，算是老手对同舟共济的菜鸟的心理抚慰。

所幸一路平安，七点半到了目的地。青朴所在的山沟呈"凹"字形，三面环山，南面是来路，能看到雅鲁藏布江。抬头看，好高。山上遍布窝棚、小石屋，那是清修人的住所。我本想，到了青朴，大家就会分头走了。谁知道，队形自动排列好，成了一个团队。中年人，也就是洛桑的父亲打头当向导，五个藏族阿姨殿后，我们三个在中间，洛桑居中。

洛桑说，他父亲经常来这里朝圣，路熟。五十多岁的人了，山路走得快，看到我们落后，也不急，就在那笑眯眯地等。身后的阿姨们走走歇歇，不时说笑。身边绿树成荫，回头看时，雅鲁藏布江平静得竟如一面镜子。

这里毕竟是4300米的海拔，不用说我，洛桑也走得气喘吁吁，但他一直不停地给我讲："青"是指青氏家族，"朴"是山沟上部。莲花生、赤松德赞、百若扎那等吐蕃时期的著名历史人物最先在这里修行，现在也有很多清修者在这里念经诵佛，一住两三年。走进清修者的住处一看，极其简陋，出门即是陡坡，青灯古佛，长诵经文。洛桑父子和阿姨们会为酥油灯添上一勺酥油，或者是一人留下一元钱。赠者虔诚，受者坦然。

洛桑每到一地，都能讲出典故，头头是道。他还会用藏语，再给五个阿姨们讲一遍。我很好奇，在布达拉宫，我问过一个年轻的藏族女导游，她说

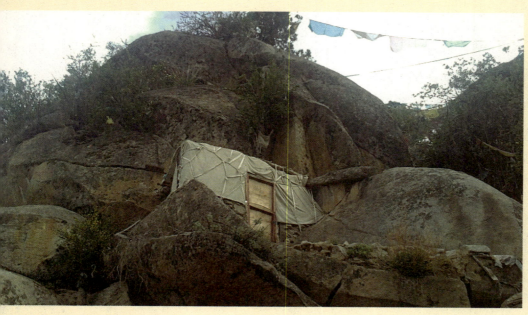

清修人住的棚子

92

现在的一些年轻人，已不像父母辈那样信仰佛教。越来越多的外来文化进入，年轻人的选择也多样化起来。我在大昭寺后面的老城里溜达，就看到一个走嘻哈风的藏族少年，唱着RAP冲过来，要跟我飙歌。街头的音像店，欧美流行音乐会吸引很多中学生驻足观看。

洛桑才二十三岁。他指指自己的父亲，说，我父母都是虔诚的佛教徒。在他的老家，家家户户都有佛堂，他从小见过的宗教仪式也很多。但是，他小时候并不是很在意，跟所有孩子一样，爱玩。藏地有一种很常见的草，一簇一簇，匍匐地上，这草，羊从来不吃。大人说羊吃了会拉肚子。他不信，跟小朋友们打赌，一定能让羊吃下，他在青稞面里包上草，扔了过去。当天晚上，羊就拉得死去活来。后来，他开始上学，从书本上接触到外面的世界，就想走出去。他成绩好，阅读面也广，一路读到高中，才慢慢接触佛学，但当时也只是好奇而已。

上了大学，洛桑算是到了花花世界，开了眼界，也着实放松了一下。周边的同学，都跟被释放的笼鸟似的，要么玩，要么谈恋爱。洛桑一年回家一趟，一旦回到藏地，他就能感觉到巨大的落差感，喧嚣与宁静，现代与古朴，仿佛从梦境落到了现实。这种落差感，还有身份的认同感，让他更想从自己的出生地找到原因。他开始着迷于看宗教著述，也读佛经，并开始与父母交流，想探知藏人的精神世界。

最好的办法，就是进入这个世界。大学毕业后，他回到了西藏，被分配到一个县的变电站工作，工作并不忙，他的业余时间都用来探究宗教。甚至因此，他跟父亲的关系也越来越亲近。两人在周末或者假日，时常会一起去朝圣、转山。他说，这样的日子，过得充实且安宁。

说话时，洛桑的父亲打头，正走过一个早已被废弃的天葬台，但那里还是摆满了照片、头发、死者生前用过的衣物等，风卷过这些物品，仿佛都还有生命在流动。洛桑父子，还有藏族阿姨，都在那里静静地拜了拜。

我问洛桑对死亡是怎么看的。洛桑想了想，说："就像一辆公共汽车，到站了，你下来，换一辆车，继续走，就这样。"

那天返回桑耶寺时，车子依然颠簸，在过一个急弯时，身边的藏族阿姨，自然地伸过手，环到我腰的另一边，紧紧抓住我腰间的衣服，使自己不会侧翻。那一刻，我觉得自己还挺有价值的，心里稍稍一暖。

路人11：藏漂

这一对江湖儿女，来到了拉萨，凑到了一起，性格互补，情趣相投，也有靠近取暖的意思。

在拉萨，我听到一个新词，"藏漂"，就是非西藏户口而生活在西藏的人，跟特有名词"北漂"一个意思。

对西藏，对日光之城拉萨，我无需赘述景色，也无需描绘心情，反正我在那里过了二十多天，如幻似梦。而有的人就愿意彻底陷进这层梦境，不愿让那个陀螺倒下。我一个做瑜伽教练的藏漂朋友说自己的生活，这里房租低，生活压力相对少，一年只要工作几个月，到了冬天，就可以天天在大昭寺门口晒太阳了。

来自广州的小焦是个馋嘴的人儿

95

我也去参加过一个聚会，参加的人几乎全部是藏漂。地点是拉萨河旁边的一个玻璃房子，这里即将成为一个客栈。大院子里放着几辆刚从滇藏线上来的摩托车，还沾染着泥点，仿似老兵的勋章。饭前，有流浪歌手唱歌；饭后，又换一个人即兴表演。再转移战场，千足岛的小别墅，也做客栈用，大伙就在那聊天喝酒听音乐，那气氛棒极了——如果再打听一下租金和房价，从内地大城市逃出来的人，会有到了解放区的感觉。

我把我的感受告诉了"贱内"——"贱内"姓周，这是他媳妇儿小焦对他的称呼——他不以为然，说，你那是典型的游客心态。其时，他正在一个小笔记本上记账，他和媳妇儿经营的咖啡厅，当天营业额不到三百块。

他们的店叫"懒时间"，开在平措康桑青年旅社的天井里，开放式，拿手的是咖啡。这里不准卖含酒精的饮料，在平措的顶层，有一个5238酒吧，那里卖酒。每到晚上，酒吧里同样是拉漂的老板狗子，一个北京男孩，兴致一起，就站在吧台上弹琴嘶吼。

"懒时间"就是另外一个世界。青年旅舍的旅客多是年轻人，有多余精力的，就上顶楼去发泄。想清静的，就在天井里坐坐。我就是被天井里的静谧给拽过去的，一点点的音乐，喝一杯茶，跟老板聊起来，没想到，这一聊就是长谈。小周这里的书架上，放的书都不俗气。我们几个朋友，能就"人类最终是否会灭亡"这样的终极话题，瞎聊上几个钟头。

小周是白面书生，看起来有点冷，熟了话就多起来了。他是江南人，在广东长大，大学学的是社会学，毕业后，还是积极探索社会理论——他就没正经上过一天班，靠做自由撰稿人生活，天南海北到处漂，大理住一段时间，贵州玩一玩。头一年漂到拉萨，在这里，他认识了小焦。

"第一次看到他，觉得挺帅，就想——上了他，嘿嘿……"同为广州人的小焦，边说自己如何在拉萨认识他，边模仿狞笑。小焦也喜欢四处游荡，对西藏有情结，上大学时，就把西藏的地图、图片贴到宿舍里。这个姑娘性格外向，表情丰富，看起来很喜兴。用广东话讲段子，无论荤素，不输黄子华。朋友们聚会，她绝对是中心。在家里，她喜欢家暴自家男人，后者也假

闲暇时，我们回去喝甜茶，吃藏面。

97

广州人小焦，在拉萨找到了自己最喜欢的生活。

装不敢还手，故赐名"贱内"。

这一对江湖儿女，来到了拉萨，也凑到了一起，性格互补，情趣相投，也有靠近取暖的意思。俩人一起在西藏游历，一起分享在路上的感觉，一起探索拉萨的美食，又一起经营咖啡店，还打算开个客栈，他们租了个别墅，稍微装修了一下。我看过一组照片，俩人在刷墙，打打闹闹，跟爱情电影剧照似的。"贱内"很是呵护这个野蛮女友。朋友聚会，她讲段子，他盯着她、听着她，脸上带着仿佛中了含笑半步颠似的笑容。

但生活绝不会像拉萨的天一样总是蓝色，藏漂也不是置身仙境的闲云野鹤，吃饭生存的压力一样有。一天不到三百元钱的营业额，可养活不了这个店，虽然拉萨的消费水平较之北上广低得多，但那段时间，他们还是负收入。更何况，小焦怀孕了。

小焦在广州干过星巴克的工作，手艺没问题，但经营是另外的学问。小周聪明也肯干，但骨子里是个文艺青年。做生意可不是请客吃饭加聊天，小周也意识到了，桌子上也摆了《怪诞行为学》和《消费者行为学》，并准备小本随时记录，他说"这是奸商养成大法"。

九月份，俩人暂时离开，回广州，把孩子生出来后，再返回拉萨。小焦不时在微博上发布信息，基本上是晒幸福：孩子又踢肚子了、照了孕妇照、定好了月嫂、"贱内"跑到香港买了纸尿片奶粉奶瓶云云。而"贱内"的微博上，经常是广深两地的美食信息，他的媳妇儿可是吃嘴的人。看来，他是全心负责妻儿养成的事儿了，奸商养成，怕是暂时顾不上了。

大佛塔俯瞰着加德满都

第四章

尼泊尔

私人建议：

1.在加德满都，住泰米尔区，不用盯着专做中国人生意的旅店，当地人开的旅店也不错。记住，一切都可砍价。

2.学学嬉皮士的精神。当然，很可能先学会的是嬉皮士的穿着。

3.在博卡拉的费瓦湖里游泳是件非常爽的事。

4.要穿街走巷，慢慢逛。要腾出时间，在杜巴广场的寺庙台阶上坐上半天，什么都别干。

5.骑大象时，要准备点水，如果有晕车药也准备点。上面空气稀薄，也颠得厉害。

6.要喝一杯"拉昔"（lassi）。放心，不是老皮鞋做的酸奶。

中国胃，有所畏

　　从拉萨出发去尼泊尔前，朋友递过来一包"金针菇雪菜"，杭州产。我这位朋友就是杭州人，吃东西讲究，嘴也刁。他刚从尼泊尔回来，说那边的饭菜不合胃口。他让我带着那包咸菜，实在忍不住了，能解解馋。

　　我不以为然，笑话他，你也走南闯北，全世界溜达了那么多地方了，怎么还锻炼不出一个国际胃口？你被地沟油洗胃了！

　　朋友也不恼，笑嘻嘻地说，带着吧，反正又不占地方。

　　由于是第一次出国，我做了很多功课。看那些游记攻略，都说尼泊尔餐是美食啊。再说，我在拉萨是吃过尼泊尔餐的。在"娜玛瑟德"（Namaste，尼泊尔语，"你好"的意思）分店，位于八廓街的受保护古建筑赤江拉让大院，环境很好，雕梁画栋，绿草红花，在这里进餐，觉得身份与食物都很上档次。对尼泊尔的想像，也如加了滤镜的照片，浪漫和浓烈了许多。当时我点了份咖喱饭，没要米，来了一张尼泊尔"楠"，类似烤饼，蘸着咖喱吃，觉得味道不错，改良过的咖喱味并不浓烈，我这个河南胃

从樟木口岸远眺尼泊尔境内

蛮能接受。想我自小适应能力就不错，在中国吃遍南北也没觉得不适，也七七八八吃过西餐。于是，心里生出"中国胃，无所畏"的豪气。

哪知一过境，境况大不同。从关口至加德满都几个小时的车程，车子都在破败不堪的路上奔驰。路旁是漫长的峡谷，低矮的旧房子，连小商店前摆放的水果蔬菜都蔫头蔫脑。除了景色、军人的军装和小孩的校服显得漂亮挺括外，到处都显得贫穷破败。

第一顿饭，是在距离加德满都还有两个小时车程的乡村店吃的，店子木板结构，四处漏风，桌椅板凳也毫不讲究，卫生就别提了。不过想我来自东土大唐，元素周期表都吃全过，还怕这个？我们就坐在靠近公路的大棚下吃饭，不时就会有一辆慢吞吞、连车顶上都坐满人的公车驶过，车后拖曳过来一大片灰尘。

我要的还是咖喱饭。尼泊尔因为与印度人种文化接近，所以尼泊尔菜只是印度地方性烹调的变化而已。咖喱饭盛放在一个盘子里，一份白米饭，一份咖喱，一份蔬菜和一份鸡肉。旁边的尼泊尔人，用拇指、食指和中指捏起

来吃。我用勺子吃，太饿，吃的前几口没问题。可当肚子刚刚过上饱暖线的生活时，就开始闹意见，咖喱实在太浓，肚子热辣辣的，真气在腹内蠕动，力道很大，险些打通任督二脉。坏了，想排气。好不容易忍住，喉咙又觉得不舒服，那咖喱好像磨得太粗，喉咙像被砂纸打磨一般。怎么跟我在"娜玛瑟德"吃的完全不一样呢？"娜玛瑟德"的咖喱饭像是大家闺秀，温润软滑，而这个乡村野店的咖喱饭，活像是个做粗活的老妈子，干枯紧皱。

不过，这是在乡下，到了加德满都会好起来吧？在嬉皮士云集的泰米尔区，我们进入了另一家尼泊尔餐馆，铁盘子里是铜质盛器，盛有咖喱、稠豆汤、鸡块和炒青叶菜。盘子里一份米饭，还有生胡萝卜条和青瓜条。窗明几净，环境不俗，周边都是来自世界各地的优雅食客。但是，吃起来……

若干年前，我在老家一个时髦的西餐馆吃请，第一次品尝了牛排，从开胃酒到餐后甜点，我赞叹好吃，表达对主人的谢意。全套程序做完，在馆子后的小巷里仰天长啸：啊，这真不如吃碗烩面爽啊。

霎时间我明白了朋友让我带包咸菜的良苦用心。那些无食不美的游记，恐怕也有游客心态在内。就像有人千里迢迢从国外带回一个纪念品，发现是中国制造，而不好意思告诉别人一样——你的胃骗不了你，要不，你再仔细看看那些游记，前面的物品清单里多半少不了方便面、老干妈和咸菜。

在食物被人感知的过程中，从"吃饱"到"吃爽"是个进阶，我想，这就是食物仅能称之为是饱腹之物，而美食则能被称之为"文化"的原因。

而能让人吃到爽的美食，则与你的味觉记忆和味觉训练有关，比如你小时候吃过的美食，比如你妈妈的拿手菜，比如你老家才有的食材，再比如，朱元璋落难时吃到的"珍珠翡翠白玉汤"。在这些附加值里，你吃的可不单是食物，你吃的是记忆，是童年，是家乡。我写此书时，《舌尖上的中国》正在热播，在这部片子中，"老家"是味觉记忆的基准单位。而走出国门，"国家"才是。

在尼泊尔没几天，我就开始梦到炸酱面、宫保鸡丁和鱼香肉丝了。

终于，我在街上发现了能满足中国胃的食物——MOMO，外形很像中国蒸饺，不过个头更大。尼泊尔因为邻近西藏，有一些食物则是脱胎于藏餐，MOMO即是藏包子的变种。MOMO里面的馅料也是肉和菜，由香料搅拌而

这就是在博卡拉吃的DOWN TOWN MOMO 彩色饺子

105

成，味道接近饺子。有一天，我在博卡拉骑摩托车一直往里走，走到一个乡村饭店，店家强烈推荐一种叫"Downtown Momo"的菜，"Downtown"有"市中心"的意思。上来一看，"市中心的Momo"还是饺子，不过饺子皮是有颜色的，红黄粉绿白五色，这不是中国的彩色饺子嘛。不管是什么Momo，一盘子也只有8-10个，价格不算便宜，不敢尽兴。更何况，蘸料也是咖喱味，哪里有用酱油醋香油调一碟蒜汁来劲，更不敢奢望来一碗酸汤水饺了。

除了Momo，还有炒面，在尼泊尔的一些餐馆，只要用中文说"炒面"（炒面已经有专属音译过去的单词"chow mein"，足见普及程度），就能点上这道餐。这是最接近我胃口的一份食物，面条里埋伏着几条青菜和胡萝卜丝，能极大缓解你的胃对故土的思念。但是，也许是没有地沟油便宜的缘故，尼泊尔的厨师们并不善于在做炒面时放上大油，总让我这个吃惯路边摊大油的胃，觉得不够畅快淋漓。

后来去奇特旺的国家公园，下午去坐了两个多小时的大象，在丛林里看犀牛，在大象背上颠簸得想吐。晚上回到旅店，想到不外乎再吃一顿尼泊尔咖喱饭，精神也不是太好。谁知道，那晚吃罢咖喱饭，店主过来，神秘地挤挤眼睛，说，今晚有"chinese noodles soup(中国面条)"哦。很快，他端过来一个小碗。稠稠的白面汤里煮了的面条，配切碎的白菜，居然还体贴地切了蒜碎调味，我将信将疑地喝了一口，立即有种想哭的冲动。天哪，这简直是妈妈的味道啊——放了这么多味精。这一碗中国面条，特别是对于习惯吃汤面的河南胃来说，让我紧紧摁在心底最深处的乡愁，一下子被勾起、激活了。

我要回家！我已经出门两个多月，没吃到我自己用白面或者玉米面做成的汤面了。

但是，我的旅程还要继续。晚饭后，我翻开背包，看到了那包已经被捂得发热的"金针菇雪菜"，告诉自己：还要走很久，只有在最困难的时候，只有连皮鞋都吃不上时，才能吃它。

　　一个月后，我开始在东南亚穿行，当地食物当然要尝，但对我的中国胃来说，都只是浅尝辄止的体验，那不是家乡的味道，不够爽。一个多月中，吃面包，就幻想它是一只被抹上了腐乳的大馒头；吃炒面，就幻想它是一碗浇上了菜卤的河南捞面；吃披萨，就幻想它是一张卷着大葱的山东大饼；吃炒饭，就幻想它是一碗卤肉饭；吃米粉，就幻想它是牛肉面。靠着强大的想像力和意志，我终于从老挝回到了云南的磨憨口岸，在车站对面，我迫不及待地点了鱼香肉丝、番茄炒蛋、蒜蓉空心菜。那包从尼泊尔起就一直珍藏的金针菇雪菜也被拆包，专门要了一个盘子盛装。那些炒菜，在地沟油、辣椒的映衬下，宛如摄人心魄的美女，勾着你。我们也不客气，将所有想像中的神圣感和仪式感都丢下，风卷残云。

　　放下筷子，抚下肚子，在微博上留下一条打着饱嗝的信息：祖国母亲啊，你那馋嘴的儿，回来了。

107

路人12：帕坦姊妹花

6月 尼泊尔加德满都

大丫十一岁，小丫九岁，她们是朋友，家都在附近，今天是假期，她俩相约出来卖点东西，好补贴家用。

在尼泊尔加德满都玩的中国背包客，都能受到先行者的教唆：加德满都的景点可以逃票，因为这些景点对本地人开放，外国游客就有空子可钻。第一天去猴庙，我走了条小路，省了钱。又去加德满都的杜巴广场，鬼鬼祟祟的，被警察大叔瞅见，当即拿下，只好买票了事。回到泰米尔的旅店，我被先行者们嘲笑：加都的杜巴广场你都逃不了票，别去其他地方了。

跟中国性价比极低的一些景点相比，属于世界文化遗产的加德满都景点，票价简直低得可怜。这都要逃票？好，我承认我爱贪小便宜，不过更多的，则是出于好玩和刺激。

刺激来了。

加德满都由三个城市组成（好比武汉三镇），分别是加德满都、帕坦和巴德岗，每一处都有一个杜巴广场，建筑各有特色，尤其是历史故事更不相同，

猴庙里的猴子爱吃饼干

108

值得一看。那天我们去始建于公元3世纪，也是尼泊尔最古老城市的帕坦的杜巴广场参观。

我们依然想逃票，但这次谨慎了许多，先在外围踩点，观察地形，顺便逛街。一下出租车，我们就被一大一小两个尼泊尔丫头粘上了，她们推销丝绸做的小包包，也不贵，一百卢比一个，大概折合十块钱人民币。

我们连门票都省，怎会花这个钱。但俩小丫头锲而不舍，步步紧跟，纠缠了有二十分钟，我说一百卢比三个就买，她们不同意。她们跟着我们瞎逛，纠缠得久了，我蹲下身，扶着大丫的肩膀，有点生气地说："嗨，听着，我不需要。"

大丫一撇嘴，拉着小丫，走了。

那天的逃票行为成功了一半，我们先是顺利进入杜巴广场，老皇宫外寺庙林立，是尼泊尔最负盛名的"纽瓦丽式"建筑集萃，我们溜溜达达，沉醉其中。但很快我们就又被拿下了，广场上执勤的壮实女警卫，火眼金睛，过来查票，板着脸。我和朋友当然拿不出来，嬉皮笑脸也没用，被要求离场。

这里是纽瓦丽式建筑的大集萃。提醒一下，逃票有风险。

反正也看得差不多了，我们就来到离出口最近的寺庙，寺庙建在十几米高的高台上，很多当地人和外来的游客坐在台阶上发呆。我俩也坐在高台上，权作休息，看对面高台上的漂亮姑娘，看来来往往的游客，看广场外的尼泊尔老太太兜售尼泊尔弯刀。

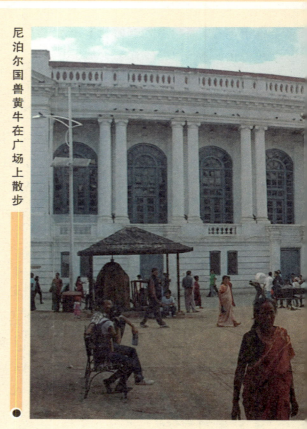

尼泊尔国兽黄牛在广场上散步

"你好，先生！"声音自背后来。

我扭头一看，正是大丫小丫。这次，她俩手里拎着个黑色的塑料袋，里面装着货品。

"你们从哪里来？"

"中国。"

"我知道中国，非常美的地方。"

大丫坐在了我身边，小丫挨着她坐下。这次，她俩改变了推销策略，绝口不谈生意，只是跟我聊天。我从聊天中得知，大丫十一岁，小丫九岁，她们是朋友，家都在附近，今天是假期，她俩相约出来卖点东西，好补贴家用。这里虽然是尼泊尔的首都，但还是穷人多，多数家庭就靠做游客的生意谋生。

我开始仔细看她俩。俩人都是典型的尼泊尔姑娘，额头点着红点，大眼睛，涂着淡淡的黑色眼影，黑黑的皮肤，健康自然。大丫更会打扮一些，在普通的衣服外，用一条传统纱巾从肩膀上斜披至腰部。

　　一通瞎聊，她给我说附近哪里好玩，有什么故事。大丫英语不错，她们在学校里学习英语。而我的烂英语很让她为难，几次都需要拿出词典来解围。小丫大多数时候就是一脸笑意，在旁边听。

　　我突然心软，都聊了这么久，人家的用意肯定不是为了陪我们聊天吧。我跟朋友商量，要不咱们买两个吧，讲讲价，一百卢比两个就买，也不枉人家陪咱们聊天。朋友同意了。我开始讲价，这次很顺利，一百元钱两个。我买那个小丫的货，朋友买大丫的。

　　变故突生。我们正待交易，大丫身后突然伸出一条穿着制服的手臂，一把夺过那个装满丝绸小包的黑色袋子。我一抬头，看到正是驱逐我离场的那个壮实女警卫，她用当地话大声斥责两个孩子，已经流泪的大丫像一只可怜的老母鸡，左冲右突，想去夺回那只被老鹰抓走的"小鸡"，无果。

我的第一反应是，从地上跳起来，一把抓住那个女警卫的右手，喊："还给她"。心里想：第一，这里应该是不让小贩进入。第二，这不是中国城管么？歪风已经吹到邻国了？

碍于英语太烂，我只能不停地喊："还给她，她还是个孩子，她已经哭了。"

但尼泊尔城管有战术，女警卫的左手已经将黑色袋子递给了身后接应的同伴，那个警卫已经下了高台，往执勤点跑去。

大丫在抽泣，黑色眼影已经花了，肩膀一耸一耸。小丫目标小，也机灵，没有损失，早已躲到一边。女警卫也有点恼怒，冲我喊："放开我的手，坐下。"我还在犟："不，还给她。"往高台下看，已经聚集了很多人，都在仰头观望。我和女警卫就在高台的边缘，互相拽住对方的手腕，谁也不敢先动，像武林高手在斗内力。

这个动作定格了一会儿，我泄了气，货是追不回来了。也许怨我，可能是我逃票，被女警卫盯上，才连累了偷偷进来兜售的两个姑娘。我慢慢松了手，女警卫揉揉手腕，瞪了我一眼，下去了。高台下的看客，也像被解开了穴道，立即开始走动，人来人往，好像什么都没发生过。

只是大丫还在抽泣，小丫也从寺庙背后窜出来，安慰她。她转过脸，又对我说："先生，你欠我一百块……"

我扶着大丫的肩膀，蹲下来，说："别哭，孩子，看你的眼睛……"但这还不能表达我的歉意，我跟朋友商量，把钱都给她们吧，朋友没有意见。我们先付了小丫的货款，留下打车钱，然后把身上的卢比都给了大丫，没多少。她接过钱，还在抽泣。我逗她："照张相，别哭，美丽的女孩，笑一个。"

我们又各自回归原位，继续坐下。大丫不再抽泣，只是眼神里满是失望，她说这里早上是市场，"白天才收票，但尼泊尔本地人不用钱，而你们，"她指指我的衣服，"一看就是游客。"我问她有没有Email，我可以

112

刚才的恐慌，还伴随着笑意停留在姊妹俩的脸上。

把照片给她发送过去。她说自己没有，但姐姐有——她姐姐说来就来了，穿着传统的莎丽，冲着大丫，用尼泊尔话一通喊，我听来像是训话，大丫的脸色越来越难看，偶尔解释一句。她姐姐又冲我说着什么，我根本听不懂，那语气不善，我有点尴尬。待姐姐走后，我就跟她俩告别，她只是说："谢谢你。"

从高台下来，我们又在杜巴广场外找出租车，我心里挺郁闷，如果不是我逃票，如果不是我发所谓的善心决定买她们的东西，也许就不会发生这些事了。大街小巷穿了半天，我们终于找到一辆车，拉开车门，就要钻进去，背后又传来一声："你好，先生！"

我心头一紧，扭头看，大丫小丫就站在窄窄的街道另一边，冲我们挥手告别，笑靥如花。

路人13：老兵

6月 尼泊尔博卡拉

他在烈士陵园，也看到了二十五座墓碑，来自他那个部队的，有八个。

可以想像，在1952年，孤独的瑞士探险家Tonitagen，第一次来到博卡拉后的震撼——这个位于加德满都东部二百公里的小村子，处于喜马拉雅山谷地，静静地躺在终年积雪的安娜普纳山峰和鱼尾峰下，怀抱一汪费瓦湖水，近有苍翠繁茂的绿色植被，远有妖娆的雪山风光。这里到1970年才通公路，一群西方的嬉皮士看中了这里，因为这里有美景和大麻。现在，这里依然是尼泊尔最负盛名的旅游地，这里有世界最好的徒步路线，也有最适宜游客生活的宾馆、商铺和酒吧。

这里显然是年轻人的地盘，喝酒，跳舞，狂欢，徒步。正因为如此，所以我在燕巢旅舍看到那个北京老伯时，以为他是个跟团游的团友，属于上车睡觉、下车撒尿、到景点拍照、回去一问啥都不知道的那种。

6月的博卡拉正处雨季，经常下雨，我晚上懒得出去，就在楼下找人聊天。大伯坐我对面，我们自然就聊上了，一问才得知，他是一个人来的尼泊尔，且不会英语，虚岁六十八了。

老伯坐得很正，面前摊着一本日记，时不时记上几句。他写字一丝不苟，也不戴眼镜，精神好。他说，这是几十年的习惯。问他为啥来尼泊尔，他说，故地重游，从北京坐火车到拉萨，又从拉萨坐车到尼泊尔，一路上都有中国游客帮忙。他自己上次来，是几十年前的事了。

他问我，你从哪里过来？我说从拉萨坐车到樟木口岸，再从友谊桥过来。老伯说，你知道么，从聂拉木到友谊桥一段的路，过了友谊桥，就是尼泊尔的科达里，往加德满都方向二十公里的路，都是我和我们战友修的。

114

他这一趟，是为了再次踏上青春的足迹。

我对这段历史一无所知。

1662年的10月至11月，中印两国因争议领土在边界开战。1963年——他翻开日记本——看，我这里都有记录，是3月1日，我们从拉萨出发前往聂拉木，那时路还很差，我们坐大卡车，一路颠着就到了。那年他只有十八岁，是个工程兵，他们刚从中印前线下来，这次是修中尼公路。

据记载：1961年中尼两国政府合建，沟通西藏与尼泊尔之间的中尼公路。中尼公路北起当雄县的羊八井、经日喀则、拉孜、定日、聂拉木，再由樟木口岸过友谊桥进入尼泊尔王国，终点是尼泊尔首都加德满都，中国路段（羊八井—友谊桥）长736公里，平均海拔4000米，工程于1962年展开，耗时三年完工；尼泊尔路段（友谊桥—加德满都）长约114公里，又名阿尼哥公路，海拔约1500米。

115

我从拉萨去樟木，租的是一辆吉利轿车，虽然山高弯多，但路况很好，车开得稳稳当当的。而在樟木眺望尼泊尔境内（科达里），那路就盘在半山腰，一直伸往谷地外。进了尼泊尔，租的是吉普车，路况差，弯道多，颠得够呛。

北京老伯笑笑，中国境内的路，在2003年又修过。而尼泊尔境内的路，也修过，我过了友谊桥，都认不出来了，以前啊，更糟。

从聂拉木到樟木地段，他的战友有三名牺牲，两名是非战斗性减员，去砍柴，出了意外。一名战友爆破时，被飞石砸死。当时的场景他依然历历在目——一粒碎石就这么飞过来，他往后退，脚下一拌，身子就低了些，石子刚好击中脑门，哎，如果他不退那一步，也许就没事。

他翻开笔记本，一页一页地翻着，然后停下：看，就是他，XXX，山西人；还有XXX……

从友谊桥往加德满都二十公里，也是他们修的。他们是穿着便服进入尼泊尔境内的，因为印度忌惮这条战略性公路，我们不便大张旗鼓。二十公里，难过蜀道。在这里又牺牲了几个战友。这里的环境更差，悬崖峭壁，一点一点开凿，两人抡锤，一人掌钎。补给靠人背。他们也跟尼泊尔老百姓交换，那边没盐，一斤盐能换五斤菜。

四十八年后再来尼泊尔，他发现尼泊尔现在好多了，"至少没有光屁股的了。"老伯笑道，"友谊桥也是后修的，比那时好多了。"

对于北京老伯来说，这是一趟怀旧之旅，也是寻找之旅。在樟木口岸的部队，他请求拍照，先被婉拒，他拿出当年的实物，证明自己的老兵身份，拍了照，部队领导还让他跟新兵座谈了两个小时。他在烈士陵园，也看到了二十五座墓碑，来自他那个部队的有八个。

在那里，他接到了山西战友的电话：到了么？到了！替我给他们鞠躬！

老伯合上笔记本，好像合上了那段金戈铁马的青春岁月，这条路他修了两年，然后回到了拉萨。他说现在的中尼公路商贸作用最大，中国商人向尼泊尔出口丝绸与各种日用产品及电子产品。而尼泊尔大量廉价精美的手工制品也通过这条公路销往中国。

而他的那条路，也早就有人为他铺好。他当兵修险路，退役后，被分配到山西，进入三线工厂，造高射炮，主要是防备苏联。一直到1978年，他的户口才迁回北京，进入工厂。他说他是幸运的那个，他的很多战友，就一辈子留在了山西，他们说啊，是"献完青春献热血，献完热血献子孙"。

我俩都不再说话，只是噼噼啪啪地拍着潜伏在身上的蚊子。老伯揉揉太阳穴，说自己累了，到点了，要休息。第二天，他和我们一群人去费瓦湖上划船，不用人搀扶，自己上下。

一周后我回拉萨，先是吉普车，一路颠簸从加德满都到友谊桥，又稳稳当当从樟木回到拉萨。看着窗外的路，脑海中总有一幅画面叠加在上面：三个少年，两人抢锤，一人掌钎。

那天在拉萨的青年路闲逛，竟然看到了马路对面的北京老伯，跟一个女孩子在一起。我冲过去打招呼，他说自己是被那个女孩子给"捡"了，一路带回了国。他拉着我的手说，知道么，我在拉萨又找到了几个战友。

请他们吃饭了么？我问。

他指指地下说，在下面呢！

老伯跟我们一起在费瓦湖上荡舟

路人14：小王

6月 尼泊尔

他的目标是：在2012年12月1日之前，走到好望角。

杭州小王，我是在尼泊尔的博卡拉看到他的。他人长得干瘦，皮肤晒得黑黑的，再戴副黑框眼镜，穿一身印度传统服装，长头发乱如鸟巢，下颌的胡须近似成年山羊，一看就是老驴友。我算是菜鸟，打心底里崇拜这些吃苦耐劳的前辈。

结果一打听，人家才二十四岁，属标准的80后。小王脾气好，除了吃饭嚼东西，就很少见他嘴合上过，都是在笑。他又一口流利英语，时常给我们客串翻译，很是受大伙欢迎。

有志不在年高。他的目标是：在2012年12月1日之前，走到好望角。

博卡拉的费瓦湖，有东方瑞士之称。

只差一步就走到好望角的小王，太不羁了。

那就走！2010年7月，他二十三岁，毕业一年，也工作了一年。他看了谷岳刘畅的《搭车去柏林》，石田裕辅的《不去会死》，乔恩·克拉考尔（Jon Krakauer）的《荒野生存》，再也按捺不住。于是辞职，背起背包。他一路搭车，兰州、新疆、西藏……然后，越南，柬埔寨、泰国、老挝、缅甸、印度、尼泊尔。除了过年在家待了俩月，剩下的时间，他全在路上。

他一路的辛苦甘甜，都装在他的背包里，也装在他的记忆里。

在印度，他待的时间最长，只是在加尔各答，就一个月。去加尔各答，他是为做义工，小王读过特里萨修女的故事，知道她创建的 "仁爱之家"。

小王选择的是垂死之家，服务对象是身患重病即将死去的老人们。具体工作是洗衣服。第一眼看到那一大堆衣服，他惊呆了，"很多裤子上都带大便"，因为那些老人们基本大小便都不能自理。从刷到洗两遍、再到晾晒，一共四道程序，小王做洗这道工序。小王在出门前，很少自己洗衣服，上大学时总把脏衣服攒上一两周，拿回家 "孝敬" 老妈。寝室里很少见到他晾晒的衣服，同学们很是奇怪，他就开玩笑说："家中有年迈的老母亲，为了防止她每天待家里得上老年痴呆，我才不得已放弃自己洗衣服这样的社会实践，带回去让母亲动动手脚。"

但在这里，他洗衣服时一丝不苟。洗完衣服，他就给分配好的病人喂药，有些病人已无法吃进去正常食物，必须吃流质食物。他的一个病人，失去了行动能力和意识，只能咀嚼，"我用勺子喂饭，有时候他会突然间停顿，断气了？赶紧拍拍他的脸，他又开始咀嚼，生命断点续上了。"

垂死之家是所有部门里最残酷的。与之对比的是工作之余，一大群来自全世界的青年义工，一起住便宜旅舍，一起游览，一起分享彼此的故事。从一个世界到另一个世界的穿越感，从阴霾到阳光灿烂，时常让小王恍惚。他会在加尔各答穿街走巷，总有孩子突然窜出，只是希望他给拍一张照片，拍完后，也只是看一看，就说"再见"。这让他相信，人的天性应该都是乐观而没有烦恼的。

我不清楚这些经历对他有什么影响，反正在尼泊尔博卡拉，总见他每天免费带着一个夕阳团——几个不会英语的老头老太太自发组成的小分队，他像是导游，更像是翻译，老年人腿脚慢，他也不烦。老人家们好心提出，餐费替他掏，算是报酬，他也不答应，坚持自理，直到把这些团员一一送走。

他本想继续走下去，穿过中亚，去到非洲，再走到好望角。但是有一天，他往家里打电话——他会在固定时间往家里打电话，而他自己也不使用手机——得知父亲生病了，要做个手术。于是他决定，跟我们一起返回拉萨，然后回杭州探望父亲，以后再做打算。

那天我很好奇，因为我也是固定在每周六中午往家里打电话，无论在哪里。打电话前，我都会通过网络，看一下北京当天的天气、最近的新闻等等，以便跟我妈聊天时，不会露出马脚。我压根没告诉爹娘我停止了工作。我有充分的理由预测到他们知道这一消息后会是怎样的忧心忡忡，而且是每天如此，所以我决定瞒着。

小王听了，也笑，说："知道吗，一年前，我告诉我老爸老妈，我考上

120

北京的研究生了。"而手机，他在一年前就处心积虑地找个理由拒绝使用了，就是怕暴露行踪。

我们在拉萨分道扬镳。他没有手机，也很少上网，再碰到他是9月份，他在QQ上，人已在俄罗斯。他8月份再次上路，但无法进藏，中亚护照也难签。于是他只好临时改变计划，从黑龙江出境，穿越俄罗斯大陆，经过约旦，再进入非洲。十一长假期，我们再次相遇网络上，他人已在肯尼亚——他真的走到了非洲。但麻烦也来了，他无法从肯尼亚获得进入南非的签证。好望角近在咫尺，又远在天边，他手中的中国护照，不能把他送到那里，他只好返程。

他有一个博客，名字就是"儿子，当年老子千山万水……"我想，总有一天，他会走到好望角，也会告诉他儿子，老子当年牛X过。

不过，在此之前，他得先解决生活问题。在旅行中无所不能的好汉，在现实中，也得从柴米油盐开始。一天晚上，我在加班，他从QQ上跳出来，问我："哥，在哪个网站找工作比较靠谱啊？"

后来，他的书《搭车旅行：那些边走边晃的日子》出版了。

砍价，小王也是好手。

路人15：反日志士

6月　尼泊尔加德满都

尼泊尔靠近中国，被很多国内老驴友评为出国旅行、积累经验第一站的最佳地点。

尼泊尔加德满都的泰米尔区，是全世界背包客云集的地方。加德满都在七八十年代曾是西方嬉皮士的天堂，现下魅力不减，依然吸引了很多西方

人。而尼泊尔靠近中国，被很多国内老驴友评为出国旅行、积累经验第一站的最佳地点。

我也是第一次出国，兴奋就不用说了，但心里也忐忑，怕语言交流有障碍。稳妥起见，我还是选了中国人多的客栈住，攻略上介绍了"龙游宾馆"，这个宾馆以前是由两个上海年轻人开的，所以吸引了很多中国人，沟通方便。住进去后发现，老板早就换成了尼泊尔当地的一对夫妇，只懂一点点中国话。

不过不打紧，这里还是住了很多中国人的。我住在别的客栈的中国朋友，吃完晚饭，也要到"龙游"来聊天。中国人一多，声浪自然也就起来了，这是特色。据说，有很多客栈不太愿意接待中国游客，太吵，还到处抽烟，屡屡遭到其他住客投诉。但尼泊尔是欢迎中国人的，生意人不会跟钱过不去。好几个尼泊尔当地人告诉我，他们认为中国人就是"有钱人"。

中国人确实不乏出手阔绰的，飞机来飞机去，花钱满不在乎。L，湖南人，奔四的汉子，很壮实，手腕上缠着大把的佛珠，经营餐饮业。他会跟一个随身携带茶具的广东哥们，还有一个在北京做房地产行业的哥们，经常约着去中餐馆喝大酒。我跟L说，我以前的同事很多都是湖南人，工作上都是"拼命三郎"，怪不得能成大事。湖南人也有种，抗战时，日本人打到湖南，硬是过不去。

L挺高兴，顺嘴透露了一下他最崇拜的两个人物，一个是毛泽东，一个是蒋介

加德满都泰米尔区，到处都是旅店，聚集了世界各地的背包客。

石，他说毛泽东理论可以运用到餐饮业的管理上。

有一晚，他们哥几个出去喝大酒，回来时已快十二点。不知道他们喝了多少，反正房地产哥显然高了，在院子里大喊着："这里的人太怂了，都没人打劫我啊。"茶具哥又把家什摊开，准备喝一盅。L凑过来，听我们聊天。

其时，我和朋友正在教眼镜男学说"你大爷"。我们不知道如何翻译，想了想，告诉他们这可能相当于日语里的"八嘎"。然后带着他们喊：你大爷、你大爷的……

我和朋友的对面，是两个日本小伙子。一个和我年纪一样，三十三了，但已谢顶，在中国旅游过，自学了中文，说得还不错；戴眼镜的那个才二十五岁，在尼泊尔待了几个月了，面前摊一本学中文的教材，还有笔记本，跟我们学中文。他一有新收获就记录下来，然后乐得眉开眼笑。

"日本人？"L发问。

"是啊，在学中国话呢。"我说。

L看了看，往上推了一下棒球帽的帽檐，突然出手，一把将眼镜男从座位上推开。

"你，"他胳膊有力地一挥，"去坐那边。"

眼镜男不知所措，看看我和朋友。我意识到，L显然也是喝多了。我让眼镜男坐我旁边，挨着谢顶男。

"没关系，他喝多了，他是朋友。"我对眼镜哥说。他像只被手电筒照到的兔子，有点受惊。

"你！"大哥指指我们。"翻译给他听，我……不喜欢日本人。"他摇着指头，我能看到他顺着棒球帽往下流的汗，没少喝。

谢顶男挺平静，一直注视着L。而眼镜男一脸惶恐地看着我们，希望我们能给他翻译。

当然没人给他翻译。我告诉L："都是朋友，瞎聊天呢，你喝多了，早点休息吧。"

L一挥手，打断我的话。他冲着眼镜男，边想边说，一个英语单词一个英

124

语单词地蹦："我……不……喜欢……日本人。"

眼镜男听懂了，看了我一眼。

L一转身，抓起桌上的一个酒瓶，冲后面的房地产哥喊："哎，这里有个日本人，是不是……弄死一个算一个啊……"

"哦，日本人……弄他……"房地产哥趴在桌上，支吾着，已无力起身。

茶具哥发觉了这边的局势，起身过来，拽住L："喝多了，喝多了，睡去吧。"

L转过头，摇晃着站起来，看着眼镜男，虚虚实实，我也不知道他会不会出手。我一把搂住眼镜男的肩膀，对L说："都是朋友，不谈政治。"又冲茶具哥说："他喝多了，快送他回去睡觉吧。"

喝多的人从来不说自己喝多了，L还在跟广东人撕拽："我……没喝多……弄死一个是一个……"

趁他们纠缠，我喊了一声："走！"眼镜男和谢顶男赶紧起身，匆忙收拾了一下，不忘点头鞠躬，上楼了。

等L再回身，桌前已经没有了"鬼子"。

他看起来并不知道穷寇莫追的道理，拎着那个酒瓶子，像拎着个手榴弹，想继续战斗。

"他们是住XXX房间么？去，弄死一个是一个……"他晃晃悠悠。

夜太静，声音犹如一道刺耳的啸声划过。

楼上有人推开窗，怕是被打扰了的住客。看了看，"啪"地一声又关上了窗。

双滩是极佳的天然泳场

第五章

广西阳朔

私人建议：

1.别只顾着艳遇。阳朔山水非常美，把盯着异性的眼光分配点给美景吧。

2.珍爱钱包，保护耳膜，远离西街。

3.骑车走一趟"十里长廊"；在遇龙河游一次泳；在双滩横渡一次漓江；攀一次岩。

4.每天下午，"山水间"外会聚集一群"阳漂"在玩，凑个热闹去吧。

逃出西街去攀岩

傍晚，一进入阳朔县城，安置好行李，走到西街口，我还是被人流给惊住了。用摩肩接踵来形容丝毫不为过，简直就是一个活动人头展。这条全长517米、宽8米的石板路边，全是工艺品店、旅馆、咖啡厅、酒吧和饭馆。我被人流裹挟着冲进去，仿佛进入了一个夜店，听力几乎被破坏，酒吧放的音乐震耳欲聋，隔着橱窗能看到里面的钢管女郎骄傲地仰头从钢管上匀速下滑。

无论是看攻略还是驴友们交流，都会提到阳朔游人太多，不清静。再者是商业化太厉害，乱收费，甚至徒步都有收费项目。如我所见，前辈们此言不虚。但是，我也做好了心理建设。第一，不拒绝商业化，只是反对过度商业化。第二，作为旅行者，你得约束自己的行为，别为"过度"再添上一度，最起码，别乱扔垃圾吧。第三，要有一个发现的眼睛，以及，嘴巴。

说眼睛，只要远离西街，喀斯特地貌的阳朔美景令人心旷神怡。桂林山水甲天下，阳朔山水甲桂林。光是那十里画廊骑行，遇龙河上荡舟，就仿佛让我行走在一幅山水画中。

说起嘴巴，这很重要，要能说会问擅搭讪。才一天时间，我跟"花满楼"青旅上下已经打成一片。你只需开口，这些久居本地的人就会给你提供私人化信息。比如吃饭，就去县医院外面那条街吃，便宜又正宗。再比如玩，本地人带我们去双滩游泳，说那是一片净土，相当于当地人的隐秘花园。沿漓江逆流而上，穿过村子，田地、竹林，豁然开朗，这是一个漓江里的天然泳场，水势平缓，江面宽阔。蛙泳着游到对岸，一钻出水面，脑袋边全是放养的鸭子。岸上有天然石跳台，一闭眼，一狠心，做自由落体状扎进清冽的漓江，刺激得很。

如此玩了几天，刺激也变得平淡了。一日，在青旅里认识的杜杜突然邀请我，要不要一起去攀岩？朋友做教练兼领队，只需出个交通费就行。杜杜是广东姑娘，极瘦，说自己第一次就攀上了十六米高的岩壁，你们能不行？杜杜一说，我脑子里浮现的就是《碟中谍2》开场，阿汤哥肌肉绷紧攀岩的画面，多么帅！正所谓须眉不让巾帼，有这种刺激好玩又酷的运动怎能不体

128

在双滩，痛痛快快地玩水。

验？于是，我们四男二女组队前往同门山。

同门山在遇龙河畔的村旁，远看就像诸葛亮手里的鹅毛扇，山的下面还有一大一小两个自然岩洞。近看，够陡峭，几乎是90度垂直山体。山下有一队人马比我们先到，一聊，广东的三个家庭，各带自己的小孩子（二男一女，都是十岁），请了专业教练，专门开车前来阳朔做攀岩夏训。

同门山岩场最早是由一个澳大利亚人在2000年左右修建成的，十一条攀岩线路，其中有"大飞机"和"小飞机"两条经典线路。当然，我的这些皮毛知识都来自于杜杜的朋友查教练。查教练个子不大，但一身肌肉，线条不错。他选择了一条初级线路，先上道，挂安全绳，手脚利索，很快就攀上了十六米高岩壁上的平台。下道后，他指点：第一，放松；第二，让安全绳永远处于两腿中间；第三，不勉强，上不去就下来。

我心里还有点犹豫，这么高，即便查教练亲自收放安全绳做保护，能保

129

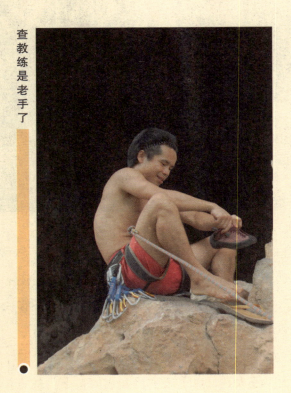

查教练是老手了

险么？查教练说，放心吧，容易出问题的，要么是喝多酒攀岩的，要么就是徒手攀岩的。

杜杜当仁不让，第一个攀。她已经是第二次攀岩了，看起来轻车熟路，只不过在第一个难点鳄鱼头上费了点周折，就顺利上到了终点，骄傲地向下挥手，我想那种俯瞰众生的感觉一定挺好。

第二个，我上。我心里倒不紧张，心想杜杜都可以，我也能。穿上攀岩鞋，腰间挂上安全绳，挂上滑石粉袋，我毅然上道。

只有攀上去，你才知道有多难。脚要找点蹬踏，手，确切地说是手指也要找点发力。作为新手，找点是个难题，不过我想，前面有两人攀过，滑石粉痕迹明显，走他人走过的路就错不了——没想到还真错了，攀岩并不是这么简单。攀到第一个难点鳄鱼头（大约六米高），我的左手和右脚都找不到点，即便手指挂在前人留下的痕迹上，身体却以一个奇怪的姿势扭成了麻花，根本无法发力。最大的问题也出现了，这是我在失败下道后教练告诉我的：新手，最容易犯的错误就是把力气都用在手指手臂上，就是太"暴力"，而真正需要发力的是脚尖，是腰腹力量。而我恰恰出现的就是这种情况，站在地上，手臂不由自主地颤抖，手指已经麻木。

我们的女将都攀上去了

把全身的力气都用上了……

131

等待其他队友攀岩时，我抓紧时间休息，也顺便观察别人的动作。偷师对象，就是那三个小孩。这三人都有两年的攀岩经验，个子最小的男孩的父亲说，孩子喜欢，家长也支持，因为在岩壁上，没有人能够帮他们，他们只能自己独立思考，自己去处理问题。当父母的，就想培养孩子的这种能力，让孩子当个男子汉。小男子汉在教练的怂恿下，选择了最难的"大飞机"线路，其中一段路线就在大岩洞的正上方，这也是最难点。一度，他的身体几乎是悬空"躺"在岩洞上方，只靠脚、腰背和手的力量支撑自己的身体不掉道，他巧妙地借助了安全绳的牵引力过了这个难关，身体一恢复正常，他就站立在岩壁上，脸上兴奋得通红，挥拳向父亲致意。他父亲也大声叫了声好。

这一声好也激励到了我，我想再来一次。有了点经验，我对发力方法做了调整，感觉更轻快省力一些。在鳄鱼头，我仔细观察了一下，右脚选择了上次并未注意的一条岩缝做蹬踏点，一发力，左手顺势攀住了一个凸起点，腰再用力，带起身体，终于跨上了鳄鱼头。不过，稍事休息后，我还是在鳄鱼头上一个好像被溪流冲过的岩壁上再次被难倒了，无论如何都攀爬不上去。下面的杜杜也大声喊，告诉我她找的那些点，但即便我找到了，还是无法再进一步。最后我一发狠，又开始"暴力攀岩"，想用臂力把自己拉上去，只听见自己一声嘶吼，在岩壁上双脚踩空挂了数秒，我又灰溜溜地冲坠下道。

踏踏实实地站在地上，我心里却不踏实，不甘心，但体力实在不支。晚饭时，小臂酸胀，手指连捏筷子都费劲了。

晚上补课，我通过网络了解了一些攀岩的知识，看到了一个关于攀岩起源的美丽传说：相传欧洲中部阿尔卑斯山区，悬崖峭壁上生长着一种奇特的高山玫瑰，如果有人能采到这种玫瑰并献给爱人，就能获得永恒爱情。于是，多情的姑娘们不要车不要房，就让追求者给采这种玫瑰。久而久之，爱情的力量催生出了攀岩高手。

我握着鼠标的手还在颤抖，心里的不甘还未散尽。那朵玫瑰，早晚我也要采到一次。

132

最后，只好放弃，下道姿势还是很优雅的。

133

路人16：饭哥

饭哥说，自己那时看多了港台的录像带，就想做个小混混，觉得威风。后来他也做成了，打架斗殴，名震一方。

说真的，我们都有点嫉妒饭哥，我们也不赖啊，但只要有他在，姑娘们的焦点就只在他身上。

他有一米八三的身高，肩宽背厚，腿长腰短。快到男人一枝花的年龄，又生得一头灰白头发，更为熟男形象加分。另外，每次吃饭，除非事先说好是ＡＡ制，否则他一定会抢单：我来！如此，得名饭哥。

偏偏他是个上海人。所以，朋友们当他面感慨，饭哥，你可真不像个上海男人啊。饭哥也不回应，摸出烟来，抽上一颗，笑眯眯的。

他身上也有上海男人的细腻，懂红酒，爱美食。饭局上是个好的倾听者，但只要他一开口，无论天文地理文学音乐电影，他都能说，也都有自己的观点。

饭哥也有软肋。我们是在阳朔体验攀岩时认识的，两个女孩子都攀上了十六米高的终点。我和小罗只攀到第二个难点，得有六七米高吧。而饭哥只上了两米多高，就宣布放弃。我对他说，幸好有你垫底，要不我就不下来了。饭哥也不恼，抬头看看在高处兴奋挥手的女孩子说，最起码，咱们下降的姿势还是很专业的嘛。

他攀高不行，往下跳可行。漓江上游的双滩是一处天然泳场，有一处天然跳台，离水面七八米高，他先是游泳横渡过江，然后攀到高台上，做自由落体，一下子扎进水里。这可需要胆色，他玩得很开心，也很兴奋。

这胆色也是练出来的。有一次，我们聊到少年时的梦想，饭哥说，自己那时看多了港台的录像带，就想做个小混混，觉得威风。后来他也做成了，打架斗殴，名震一方。"保护费都不用经我手，有人专门收着"。但混混这一行，也是大鱼吃小鱼、小鱼吃虾米、虾米吃污泥。也就是说，再威风，上面也有老混混压着。终于有一天，他觉得这不是正路，得赶紧离开。于是他发奋学习，考上了军校。后来，原来跟他一起混的混混，有几个都进了大牢，一辈子就这么毁了，饭哥也后怕，庆幸自己觉醒得早。

毕业后，他又换了条路，投身商海，这么多年下来，钱也没少挣。他的最后一份工作是投资，最后自己退出来了，饭哥说，环境太恶劣，想挣钱就得无所不用其极，自己受不了，要不同流合污，要不激流勇退。

饭哥信佛，手腕上缠着串珠。他说人都有"贪嗔痴"，自己这么多年商海打拼，练出来了不嗔，也不痴，但是贪——以前他做股票，有个特信任的朋友给了个内幕消息，大量吃进后，头几天每天一个涨停，但后来，他观察出来形势有变，就打电话问朋友，朋友说没问题你放心。饭哥也决定选择相信，因为，如果这一把赢了，"也许就可以提前退休了"。但结果是大逆转，赔了不少。饭哥在这次失利后，躲进家里，面壁思过很久。后来他悟出来，贪是人的本性，只要环境合适，它就生根发芽，再稳的人也会被吞噬。

我没问，他出来走走，是不是也有修身养性的意思。另外，他私下跟我说，这一趟也是为了疗情伤。

饭哥就这么天南海北地晃悠，我从东南亚回国后，他刚好在西双版纳，我们又约着去了大理，下关风、上关花、苍山雪、洱海月。我们每天瞎逛，饭哥对那些民族风的小店非常感兴趣，看得很仔细。晚上就喝酒闲聊，他说，转了这么多地方，还就大理好，有点动心，想在这边弄一个院子，好好装修一下，住下去。

洱海，饭哥又要体验一把双人艇。前面的姑娘，是临时搭上的。

　　大上海，真的就那么容易忘记吗？有一天晚上，我们在洱海边聊天，做心理测试，题目是：你徒步穿越一个沙漠，见到了你的情人，然后要告别返家，你会选择什么方式回去？大伙都说了自己的答案，多数是走捷径，比如像"任意门"、"瞬间转移"等等。而饭哥选的是，开着二战时那种老式飞机，戴着飞行帽，不时划过低空，慢慢地开回去。

　　这道题是测试一段感情过去后，你会用多长时间来恢复。选择越慢的方式，恢复起来就越慢。

136

路人17：飞飞

藏民大哥抓起路边一把干牦牛粪，擦了擦碗，给她倒了一杯酥油茶，飞飞先是一怔，旋即接过，美美地喝了下去。

先来看一下飞飞的足迹：出行5个月，搭车72辆，走了一万多公里的路。出门时，一个大背包，1200块钱；回京时，一个大背包，1200块钱。

飞飞是东北姑娘，在北京上大学，学画画的。在桂林瓦将青年旅舍，第一次见到她，头发凌乱，不施粉黛，跟个野丫头似的，跟我们搭话。

我试过她的背包，70升的，老实说，我不愿意背这么沉的包。她背上，就像个纤夫，需要弓腰才能往前迈步。没勇气，没毅力，可走不了这么远的路。

她起初的勇气，是被动的，来自于失意。跟很多青涩的校园爱情故事一样，她毕业了，失恋了，加之考研失利，找到的工作是一潭死水。于是干

飞飞和她画的墙画

137

脆买个背包，带上画板，买一张票坐到了拉萨。在拉萨，风光秀美就不用说了，更重要的是，她认识了一帮朋友，大家互相交流信息，作为菜鸟的飞飞才知道，原来还有搭车上路这种玩法啊。

好像推开了一扇门，美景就在外面，绵延不绝，你只需要勇气就是了。

飞飞开始成为一个真正的"背包客"。她从拉萨下来，走一段川藏线，又走滇藏线，跑到了云南。在公路上，看到有车过来，大拇指向上，国际通用的搭车手势。有时候搭不上车，她就走路，赶上刮风下雨很正常，饿得不行的时候也有，包里常备压缩饼干。连这个都没有了，她就得想别的办法，向村民讨点吃的，或者跟路边的建筑工人们挤在工棚里一起吃。

做"穷游者"，当"背包客"，吃苦是一定的，但这并不是为了炫耀什么。选择这种方式大多是因为：第一，旅费有限；第二，可以看到在飞机和火车上根本看不到的景，也可以遇到不一样的人。

为了拍一只展翅飞翔的老鹰，她在高原上爬坡，花了三个小时拍到一张满意的照片。她路遇朝圣的藏民，跟着他们，一起磕长头，体会虔诚。饿了，藏民大哥抓起路边一把干牦牛粪，擦了擦碗，给她倒了一杯酥油茶，飞飞先是一怔，旋即接过，美美地喝了下去。"那是人家的一番心意啊。"按东北话说，这就是"讲究人"。飞飞就是这样的人，不藏着掖着，真心跟你交朋友，所以，看似离奇的好运也往往会落到她头上。比如，在她身无分文的时候，搭车的大哥塞给她300块钱，死活不让她还；在景洪，陌生的朋友给她办了个小小的生日派对。

飞飞说，她回北京时，带的可不止是1200块钱和一个大背包，认识了那么多朋友，相机里有海量美景，心里有感恩，还有，发现了自己的能力。她出门时带的1200块钱，不够用，再怎么省也不行。她一路辗转到桂林，住青旅的床位，兜里只有60块钱，连当晚的押金都不够。于是她鼓了鼓勇气，跟前台说，能让我给你们店打工吗？

飞飞是画国画的，把画画当做自己的生活，但并不希望画画能够成为自己的职业。她只是单纯地喜欢，背包再沉都没扔了画板。

青旅老板问了情况，就让她画墙画，刚开始还监工，也有自己的意见。后来发现，这个姑娘的稿子很成熟，自己的意见无从入手，风格不一致。慢慢的，飞飞在青旅的圈子里有点小名气，有多家店请她去画墙画，也做些别的工作，飞飞边工作边旅游，报酬有时候是免费吃住，有时候是一张船票，就这样，又走了不少地方。

我见过飞飞画的墙画，国画风格，整面墙上，都是卷起的浪花，气势磅礴，不似出自姑娘之手。

另外，别以为她是纯爷们，在阳朔，我们叫她小伙子，称兄道弟。飞飞不服，穿上了高跟鞋和裙子，去西街溜达了一圈，有人请她喝酒，有人叫她美女。她这才心满意足，一扭一扭地回来。

再见她，是她回北京时，她背着个大包，像个纤夫。跟很多背包客一样，中了旅行的毒，一回到出发地，反倒不适应了。找个窝，扔下包，大睡几天，饿了，只有口香糖和压缩饼干，她选择了口香糖——这一路吃压缩饼干，吃伤了。但是，有一天她对我说，没准过一段时间她会继续背上包上路呢。

第六章

越南

私人建议:

1.吃越南米粉，再吃越南米粉，还吃越南米粉。

2.你会暂时成为百万或千万富翁，但花钱时要小心，经常会算错账。

3.来一次摩托旅行，不要担心，沿路都是修车点或迷你加油站。一定要注意安全。

4.注意悄悄伸进你腰包的手。

5.从城市到农村，越南姑娘普遍漂亮。

6.娶越南新娘，要谨慎！当然，我指的是通过中介买卖的那种。要是有真爱，那就娶了吧。

天下百姓是一家

　　7月初的一天，我在桂林靖江王府——也就是广西师范大学美术学院内，一时技痒，与一帮大学生打篮球。

　　天气太热，我打了一会儿就热得像狗一样，靠着篮架休息，喝水，喘气。一抬头，看到天上两架战机呼啸而过，拖着尾烟，像一个长长的惊叹号。小罗举着电话过来，"咱还去不去？"他问，"哥们儿打电话过来，说边境上都集结了重兵。那边每周还有一个反华游行呢。"小罗也是部队大院出身，身边出租车司机式的军事观察家肯定不少。

　　"去！"我想了想说，"真碰到什么事，没准儿咱还能得个普利策奖呢。"

　　你做过的梦，就是灯塔，会指引你走向它。我有一个梦想：坐船，在湄公河上飘荡——我出生于七十年代末，听过《血染的风采》、看过《高山下的花环》；后来，我看《第一滴血》；直到《野战排》、《战争启示录》；最爱的一部是《早安，越南》。从爱国主义教育到个人英雄主义再到对战争的反思，这些电影贯穿青春期。我的越南情结，就来源于此。

　　7月15日，我们一大清早从南宁出发，经凭祥，进入越南境内。我们翻山越岭，直奔河内，那沿途景色，与在广西境内见到的并无二致，打着补丁的公路，摇摇晃晃的大巴，急匆匆的货车，难以计数的正在开工的建筑工地，这个饱受战争创伤的国家，正着急赶路。

　　傍晚，我俩已经出现在河内的老街区，这里是背包客云集的地方。老街在还剑湖旁边，走路就可以到达胡志明陵墓、文庙、圣约瑟大教堂等观光点。逼仄的道路旁满是法式建筑，其中很多都已改为旅店，有几个越南小孩在拐角的空地上玩着花式篮球。越南人的长相，也和中国人无异。我们走在街上，也没觉得出奇，也不怕被"反华"了。此外，还有满大街的西方脸孔。*Lonely planet*上说，很多西方人对于越南的兴趣，也是因为越战。还不到6点，全世界的啤酒爱好者就坐在马路边，买一杯干啤，在这个和平年代里，悠闲地喝起来。越南最著名的摩托车车海在他们身边流过，轰隆隆的声音，直到深夜也不停息。

　　第二天一大早起来，我在阳台上探头往下看，眼神穿过蛛网状的电线，看到楼下已有一个小摊，应该是卖越南米粉的。摊主是个大姐，挑子的一头是火炉和锅具，一头装着食材。我们左手边一个漂亮的越南姑娘，像是要去上班的白领，把碗放在路边还未开门的商店的台阶上，吃得满头是汗。我们也点了米粉，模仿着白领的样子，碗放台阶上，将赠送的九层塔、薄荷叶揪下来放到碗里，浓浓的牛肉汤一下肚，就解了乡愁。一碗不够，再要了一碗。碗太热，捧不起来，只好放在台阶上，我们四个男的，蜷缩在一个小凳子上大口地吃着。摊主大姐看得高兴，叽里呱啦地说着什么。我们的右手边是一个小卖部，一个白头发的老伯，饶有兴致地看着我们。他走过来，用英语问我，你从哪里来？得知是中国后，他挤出来一句中国话："你好"！然后，他拍拍我的肩，指指他的小卖部门口，那里有一个小小的石桌，还有凳子。石桌上，一个老太太正在吃早饭，老太太把自己的餐具往旁边推了推，

143

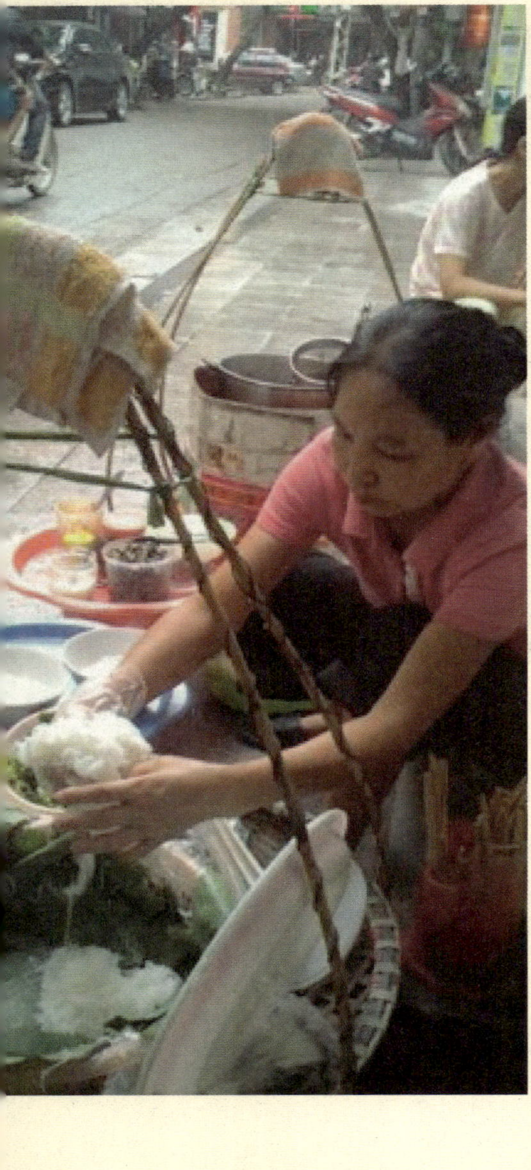

河内。街头卖汤粉的大姐，我一口气吃了两碗。

笑着看我们。那石桌实在太小，我明白他的意思，但还是谢绝了，连连道谢。他也不勉强，只是走到我背后，扶直我一直弓着的腰，从上到下给我捋了几下脊椎。摊主大姐看着我们，掩着嘴，吃吃地笑。

我们的夜车走了十几个小时，白天车路过岘港，我们看到了军舰，相机的镜头吊过去，能看到军舰上的美国国旗。在古城会安的街头，我们也看到身穿白色海军服的美国男女大兵，悠闲地买着纪念品。我们在骑摩托车的时候，一位朋友翻车，对他进行救助和包扎的，正是村子里的越南老百姓，还有人给我们义务带路。

越南的最后一站是西贡——不，应该叫它现在的名字——胡志明市。在一个街头咖啡摊上，我邂逅了一个老者，他居然会讲一点中文，还知道北京的海淀区。1953年，胡志明率领越南人发起抗法战争时，他被派到北京大学学英语。他说："胡志明和毛泽东，是好朋友，是同志。"

以"好朋友"的名字命名的城市，以前是南越首府，《早安，越南》、《情人》的故事即发生于此。这是一座摩登城市，相比保守的河内，胡志明市像个风情万种的性感女郎。背包客云集的范五老区，街巷纵横，酒吧食肆林立，仿似这个女郎的事业线，游客在这里可以满足一切欲望，卖大麻卖香烟，不停地会有人在你身后停下摩托车，问："Do you want PENGPENG？"发最后一个词的音时，他们会用手掌和拳头互碰。

第二天上午，我们去参观老邮局，这是个有百年历史的法式老建筑，恢宏华丽，大厅很宽，顶也高，平增一点神圣感，胡志明的照片被高悬在墙上，一脸正义的他正俯瞰众生。我突然觉得，昨夜，以及之前在越南看到的一切，也许是一幕电影。

我的湄公河之梦，是在西贡圆的。湄公河浩浩汤汤，河床宽大，河水呈黄色，像我在河南老家看到的黄河，水面上飘着树枝、水葫芦等物，脏兮兮的。比这些还糟糕的是，

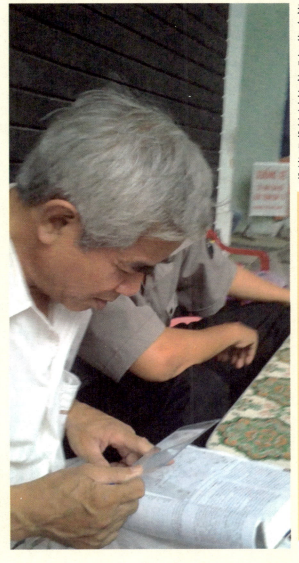

这个老人曾在北京大学留过学

河面上到处都是满载着游客的游船。还好有个比较有趣的旅伴解闷，一个马来西亚的老华侨，种树胶的，关注时事政治。他分析着越南，说越南要政改很便利，因为南越早接受过熏陶，很容易自然过渡到北越。而一个月后，我看到一条消息，说越南开始施行司法独立、官员申报财产等五项新政。

其时，我们的导游，一个叫"安"的幽默男孩，正站在船舱靠前的位置发表演讲："越南摩托车多，你们知道过马路时有什么诀窍么？"他一边说，一边用手蒙住自己的眼睛："就这样，直接过。"

我曾在胡志明市的大街中站了足足五分钟，摩托车流没有给我留一点缝隙。同样被困在路中央的一个美国姑娘，像即将冲出战壕的老兵，低吼一声："咱们走！"我们一头扎进了汪洋中，那些摩托车默契地避让，我们也一鼓作气抵达彼岸。随后摩托车重新合流，保持一种节奏，继续前行。

西贡，老邮局。墙上的胡志明盯着这个美国老头。

以牛肉粉为主角创作的T恤

我和这个美国姑娘，被摩托车流阻挡在了路中间。

路人18：杜爷

　　大伙对他简直佩服极了，朋友小罗当即赐他"杜爷"大名，又有"人肉雷达"、"人肉LP"的美誉。

　　杜爷，长沙人，其实很年轻，过完暑假才上大四，白净，斯文，戴眼镜，说话慢条斯理，一副学生模样。

　　我们相识于南宁的青旅，他也要去越南，我们就约了在越南见，因为他在网上捡了两个女孩子走越南前几站，我们都说，小杜——当时我们都叫他小杜——你太有福气了，你看看我们身边都是男的。他笑笑说，哪里啊，走不了几站就分了。然后，他拿出一大摞足有两指高的打印纸说，越南的攻略，你们谁要，我还有一本*Lonely Planet*呢。这让我们感叹，他准备得太充分了。于是我们都向他请教一些基本问题，比如去哪换钱比较划算，在越南坐什么车旅行方便，他都能回答。我们又发现，他居然早通过网络，把背包客中盛传服务最好的sinh tourist的巴士票都订好了。

　　他的厉害之处随后就显示出来了，我们到了河内再订sinh tourist的票，居然订不到了。于是我们只好退而求其次，订了其他公司的。然后找到住处，分好房，这时他却进来了，想跟我们拼房，因为他捡的那俩女孩，不跟异性拼房，他落单了。我们笑他没手段，脸皮薄。但还是接纳了他，五个人挤一个房间。到了会安，俩姑娘走不一样的路线，干脆把他甩了，这下清净了，他开始专心进入我们这伙人的圈子，一起玩。

　　那天我们决定骑摩托车去岘港，岘港离会安只有三十公里，是港口城市，越战时美军登陆的第一站。我们在的那几天，正赶上美越军演，在会安街头能看到穿白色制服的美国海军。去会安的路上，我们经过岘港，远远也看到有军舰停靠，所以过去看个热闹。

148

　　越南是摩托爱好者的天堂，租车便宜，两三元美金就可租一天，沿途到处是迷你的私人加油站。我们七人四车，他单独一辆踏板摩托，沿途是长长的海岸线，海风阵阵，椰树列队，真美。我们也在车少路段，稍稍地飙飙车。他骑车很稳当，但好像经验不多，一超车就并线，有一次差点别到我车轮，我赶紧提醒他。

　　但他的准备做得确实充分，在岘港，他头车带路，穿街走巷，俨然是本地人，很顺利就穿过城，到了港口。回去的路，他给了两条，一条是A1公路，一条就是我们来时的滨海大道。大伙对他简直佩服极了，朋友小罗当即赐他"杜爷"大名，又有"人肉雷达"、"人肉LP"的美誉。杜爷笑纳了。

　　正所谓人算不如天算，回去的路上，刚刚荣升为杜爷的他就出车祸了。

　　返回会安时，大伙散开了一会儿，杜爷骑到了前头，我在后面拐了弯，在沙滩上看日落。突然我接到电话，杜爷的声音很稳，但也很虚弱："杨

149

路边的简易加油站

哥，我出了点麻烦，车翻了。"

我们六个赶紧往前赶，天色渐黑，但路中间的隔离带拐弯处那么一大堆人，还是很好认，就是这里了。外围有几个大姑娘小媳妇，嘻嘻哈哈，像在看热闹，这场景在中国见多了。拨开人群，就看到杜爷坐在地上，左腿膝盖以下都是血，一个大姐在用矿泉水给他冲伤口，抹药水，旁边扔着一大堆带血的卫生纸。我问他还有哪里感觉不舒服？他只说自己胸口闷。我看他嘴唇发青，估计是惊吓所致，但也不敢确定，只好跟他开玩笑，缓解他情绪——你中午就不应该说那句话，还记得么？你在吃饭时说，会安的医院好便宜，挂水才一美金。我问你怎么知道的，你说你看到了，看看，现在出事了吧。

杜爷笑笑，还捂着胸口。

哥几个也都忙开了，英语好的开始问医院在哪，越南人英语普遍不好，幸运的是，一个十四岁的男孩在教会学校上学，讲一口好英语，他愿意带我们去医院。另一个村民帮我们打电话叫了出租车。我们也做了分工，安排好了谁回会安找租车的老板来拉前轮已经变形的摩托车，谁去医院陪护，谁在这里等候。

晚上十点左右，杜爷回到旅店，腿上包扎好了，花了一百多美金，一点儿也不便宜。他一跳一跳地走路，还拒绝搀扶。他说在那个弯道准备拐弯，被一辆也要拐弯的车给挤到了砂石路面上，立即侧翻，幸好他戴了头盔。杜爷描述地轻松，说：第一批过来的，是两条狗。然后，就是一群善良的村民……我们感叹他运气好，也感叹全世界老百姓都一样，善良得很。

善良归善良，生意归生意。租车的老板来了，他也辛苦，去看了现场，

又雇了一辆三轮车，其实就是摩托车后拖一个平板车，把损坏的车给拉回来。现在是谈赔偿的事，开口就是三百美金，我们好说歹说，最后定到了一百八十美金。

杜爷的钱包顿时瘪了，心气也有点瘪了，我们问他是否坚持走下去，他想了半天，还是决定回家。在订机票时，杜爷又成为了杜爷，他对越南哪里有机场，如何抵达，如何订票都熟稔，这一套程序很快就搞定了。杜爷一会儿又蹦跶上来，说："我下面还有一堆东西，旅行结束了，你们下去看看，有什么需要的。"

一会儿，小罗上来了，开口第一句话就是：杜爷太牛了，什么都准备了啊！他捡了一双拖鞋给我，因为杜爷准备了三双。他自己拿了一条旅游用的晾衣绳和几个衣服夹子。至于多余的卫生纸创可贴等用品，也被其他哥们分了。

再得到杜爷的消息，是在微博上，他说自己在住院，幸好选择了回家，因为伤口已经发炎了。

杜爷也在微博上关注我们的行程，剩下的那段路，我们替他走了，托他的福，很平安。

151

《古墓丽影》里，安吉丽娜·朱莉就在这个地方亮相最多。

第七章

柬埔寨

私人建议:

1.给那些地雷受害者捐点钱。

2.别去探索那些未开发的雨林，据说有地雷。

3.拍摄日出日落时，别老往前排挤。即便占据了前排位置，记得拍完赶紧蹲下或者走开，给后面的人一点机会。重新塑造一下中国游客的形象。

4.到了暹粒，要吃夜市大排档，经济实惠。

5.带着你喜欢的人，去酒吧街上喝杯酒，和全世界的游客们一起跳个舞。再害羞的人，也能在那样热烈的气氛里扭动起来，哪怕是扭秧歌。

暹粒爱"多拉"

"早上好！"

"早上好。"

"要租TUTU车么？"

"不。"

"要做按摩么？"

"不。"

　　每天早晨，在客栈所在的街口，都能碰到这位我称之为"热情先生"的人向我打招呼，然后就是例行地推销，我也是例行地拒绝。终于有一天，他在使出三板斧后，又不依不饶地砍下去。

在巴戎寺，与佛同笑。

154

"要女人么？"

"不。"

"要大麻么？"

"不。"

"要枪么？"

"多少钱？"

我接招了，他倒是一愣，随即说：

"万多拉。"

我俩同时哈哈大笑，互相一拍肩膀，一捅肚子，就走开了。看来，他是对我这个穷游者彻底死心了，"万多拉"就是"one dollar"的意思，一美金，哪能买到枪？

行走东南亚，你必须知道：

真正管用的语言，不是英语，是烂英语。

真正管用的货币，不是本币，是美金。

所以，在东南亚旅行，你一定要听得懂"dollar"这个词的各种本土发音，"刀乐"、"刀啦"、"刀"等等发音，都会从不同国家不同的小贩嘴里说出来。

在出境前，我从中国银行换了500美金，除了一张印着科学家并起草《独立宣言》的本杰明·富兰克林的百元大钞外，剩下的多换成小钞，正面印着美国首任总统乔治·华盛顿的1美金多换了些，一来是因为东南亚物价便宜，小钞用得方便。二来是准备好让人打劫，身上不至于没钱而让人恼羞成怒，也不至于被劫走太多钱使自己伤心过度。

还在越南时，我看关于越战的历史，美军曾袭击过柬埔寨的国土。然后看吴哥窟的八卦，那里拍摄过《古墓丽影》，安吉丽娜·朱莉在塔布笼寺（Ta Prohm）那个被参天大榕树的根须抓住的洞口，有多次亮相。后来，我到了那里，很多人在合影。在拍戏期间，派拉蒙电影公司每天需付给当地政府10000美金。这部电影为吴哥窟带来了很多游客。但也有人认为吴哥窟与盗墓

155

贼、即便是美得不可方物的盗墓贼放在一起也是不合适的。中国人民的老朋友西哈努克亲王的孙女拉塔娜·黛雅·诺罗敦公主就曾说过，她很担心柬埔寨在这些电影里的形象问题，柬埔寨已出现在多部西方的电视剧和电影里，但都没得到正面的描绘。公主殿下说，为什么没人来拍一部关于中国使者发现了吴哥窟的影片呢？

现在可以肯定的是，首先，关于中国使者和吴哥窟关系的电影没有人拍。事实上，法国人亨利·穆奥1861年发现隐蔽于热带丛林中的吴哥窟，是否受到中国元朝使者周达观写的《真腊风土记》的影响（其时柬埔寨被称为真腊），在历史上还是个谜。其次，无论美国人的枪炮和影视剧对柬埔寨造成过多少伤害，美金，依然是在柬埔寨最受欢迎的货币（柬埔寨也是我一路所见最依赖美金消费的国家）。柬埔寨货币瑞尔（Riel），处于被遗忘的角落。因为自1993年起，柬埔寨成为君主立宪制国家后，开始实行自由市场经济制度，汇率由市场调节，美元被允许在市场流通，外来投资者可以向境外汇出外汇。从此以后，美元成为柬埔寨的主要流通货币。而对老百姓来说，很简单，哪种钱"值钱"，就用哪种钱。在柬埔寨暹粒，老百姓几乎都用美金消费，找零才会用到瑞尔。而商人们最爱的还是"多拉"、"万多拉"、"兔多拉"，听起来很有"多拉快跑加油干"的革命热情。

这个饱受战乱摧残的国家，确实需要快点跑，才不至于被其他东南亚国家落得更远。吴哥窟就是资本，旅游业是国家快跑的动力。作为吴哥窟的"客厅"，暹粒这座小城天天洋溢着一种主人好客、客人尽欢的节日气氛。这里的旅游从业者提供从精神到肉体的一切让游客舒服开心的物品。当然，你需要付出"多拉"。在暹粒，租一天自行车是1"多拉"，在大排

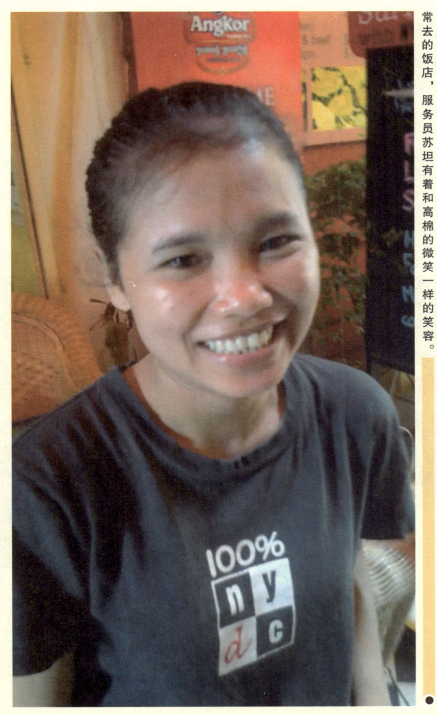

常去的饭店，服务员苏坦有着和高棉的微笑一样的笑容。

157

街头卖的炸黑蜘蛛，万多拉。

地雷受害者组成的乐队

档吃一份炒菜加两碗米饭需要2"多拉"，"寺庙"吧一杯啤酒1"多拉"，"happy hour"时间卖75美分。去吴哥，租一天TUTU车需要10"多拉"。我买了三天40"多拉"的通票（创了单笔消费最贵纪录），每到一个景点，必然会有一帮小孩子，举着手中的工艺品，嘴里喊着"万多拉"、"兔多拉"……

作为新一代的"中国使者"，我这个来自中国的背包客，也得带着"多拉"来重新发现吴哥窟。

"多拉"已经成为绝对硬通货，这么说吧，连乞讨的人都会在你经过时喊上一句"万多拉"。当然也有胃口更大的。我的朋友刚当上妈妈，跑出来玩，在商店买东西时，有一个抱小孩的柬埔寨妇女向她乞讨，指指孩子，指指肚子，又怀了一个，"给买包奶粉吧"。朋友的恻隐之心大生，刚好要结账，店家要找她4"多拉"，她告诉店家不用找了，给这个女士买包奶粉吧。但那位女士不同意了，"嘴里喊着'艾特多拉'"，她想要更贵的价值8美金的奶粉。朋友心软，给买了。回过头她觉得不对劲，心里不舒服，跟我讨论起"同情心是有价值的"的话题。

因为是穷游，我平日里节衣缩食，但也捐过一次钱。那是在吴哥窟的一个景点，入口处的凉棚下，坐着七八个人，吹拉弹唱卖艺，走近一看，有盲人，有缺胳膊少腿的，演奏得很认真，即便看客很少。他们的善款箱后，写了一个牌子，有多种语言，其中有汉字，写着"地雷受害者"。柬埔寨的土地下，至今还埋藏着300万颗地雷，一些未被开发的地带，是被政府严令禁止进入的。作为中国人，我在善款箱里放了一张"乔治·华盛顿"先生。万多拉，钱不多，仅能代表我个人的愧疚之意，更希望和平之光能够笼罩他们。

路人19：卖花姑娘

7月 柬埔寨暹粒

她则像舞会皇后，跳得神采飞扬，只是那个装玫瑰的花篓从不离身。

卖花姑娘是在暹粒酒吧街见到的。在LP上隆重介绍过的"寺庙"吧，也是整条街上人气最旺的地方，坐不下，大伙就拿着酒杯，站在马路牙子上聊天。

晚上十一点了，她过来兜售玫瑰："先生，来一朵玫瑰？"黑黑的皮肤，大眼睛，扎个马尾在背后，背在身上的花篓里有十几朵玫瑰。"万多拉"（1美金）一朵。

暹粒就是吴哥窟身边的那朵玫瑰，为游客们提供舒适和快乐。这个小镇，离吴哥窟大约（3公里），遍布旅馆、食肆和酒吧。

这也是座快乐的小镇，甚至在LP关于暹粒"危险和麻烦"一栏，开头就介绍"即使在晚上暹粒也很安全"，只提醒你骑车时背包不要放在车筐里，以及小心旅馆提供的长途车服务。

也确是如此，每天早上，懒洋洋地走在街上，会收到很多来自不同人的"早上好"的问候，偶尔会有人问一句"要不要TUTU（三轮摩托）"；少了一条腿的少年约翰，胖乎乎的，拄着双拐，脖子上挂着框子，里面是他兜售的明信片，你只需报以歉意的一笑，他就会离开；那些地雷受害者组成的乐队，每个人都认真演出，像一群真正的音乐家。他们提供的是商品和技艺，不贩卖苦情。

整个吴哥最让我震撼的是巴戎寺，216张四面佛的巨脸俯视众生，每一张脸，都带着神秘莫测的微笑，这就是著名的"吴哥的微笑"。柬埔寨需要微笑，这个国家屡次受到外族侵略，又经历了红色高棉的残暴统治。

160

暹粒的酒吧街，卖花姑娘常在这活动。若见了，买她一枝花吧。

但对一脸微笑的卖花姑娘手里的玫瑰，我压根就没想要，送谁啊。跟这个小姑娘说话，得蹲下身，她可能只有八九岁。我大杀价。

"'万多拉'3朵可以么？"

"NO!"她大声喊，一撇嘴，决绝地离开。

不一会儿，我看到她加入到了跳舞的人群中去，就在马路上。她看起来像个夜场老手，一点也不怯生，音乐一起，她就会和着音乐跳舞，幅度大，节奏快。游客也喜欢她，不时有男男女女去和她飙舞，也有人教她不同的舞步。她则像舞会皇后，跳得神采飞扬，只是那个装玫瑰的花篓从不离身。

我曾想，她是不是失学儿童。有天傍晚，我在另一条街看到她，牵着她的小伙伴，背着书包，一路打打闹闹过去了。想到她一口好英语，顿时放心。突然想买她一朵花，无人赠送，算是资助她。那晚我去找她，快十二点了，"寺庙"吧外依然热闹，但不见她人影。

离开暹粒的头一天，我跟在当地认识的所有朋友道别。晚上，又晃到了酒吧街，在街头，三个老头组成的乐队在表演，众人又在街头跳舞。我在琢磨，若干年后，即便老无所依，也可以和几个老哥们一起玩乐队。

"先生，来一朵玫瑰？"卖花女突然出现在我面前。她比我矮太多，抬着头，举着一枝花，笑吟吟地着看我。

这真是圆满的结局，我也高兴。蹲下身，"'万多拉'3支怎么样？"我说。

"NO！一朵。它很便宜。"大眼睛忽闪忽闪的。

我给了她一美元，拿过来一朵。

"谢谢"，她转身要跑，我一把拽住了她。

"这是送给你的。"我把花递给她。

我敢打赌，她不是第一次接受男人的献花。

卖花姑娘也不犹豫，接过花，转身寻觅，我不远处，站着一个韩国姑娘，挽着她的妈妈，一边看乐队表演，一边摇摆。

卖花姑娘上前，把玫瑰往韩国姑娘手里一塞，向我这扭头示意。

"他送你的。"然后跑开。

拳馆内，铁丝网以内的票价就高了。

第八章

泰国

私人建议:

1.此前节约下来的旅费，在泰国可以派上用场。

2.这里是美食世界，别放过街头任何一种你没尝试过的食物，这也算是探险行动。

3.在曼谷，到蓝毗尼或拉差达慕体育馆看一场真正的泰拳比赛。有兴趣的话，报个班，学一下。另外，在你确定大功告成之前，不要随便跟人过招。

4.找一个海岛玩玩，一定。

5.在爱上一个姑娘前，请确定她一定是姑娘。

在曼谷看泰拳

上午坐大巴，从柬埔寨暹粒开赴曼谷，傍晚赶到曼谷时我还在昏睡，一睁眼，立即心生感叹，北京耶？曼谷耶？黑云压城，污浊空气，高架桥，高楼，吊塔，工地，堵车。

和北京一样，曼谷这座超级大城市，也有着极强的文化包容性。其后几天，我一直在曼谷瞎逛，常规的旅游路线几乎都没去。也没坐过TUTU，没打过车，都是公交加步行的方式，既去过暹罗广场这样的大地方，也穿过低矮破旧的小巷子。我凌晨四点在考山路上狂欢过，也在下午时分的湄南河旁发呆过。吃的都是路边小摊，喝过不知名叶子榨出的饮料，也尝了泰国卤煮——关于曼谷，我看到的评论中，最认同的是：它是亚洲旅行的门户。而我自己的定义是：曼谷是一座超级Shopping mall，在这里，你可以找到任何你想要的生活方式。

看一场泰拳比赛如何？就在曼谷，看一场堪称泰国国技的泰拳比赛。我想去看看泰拳是否也是虚招子，就跟某些被传得神乎其神的中国武术一样。

拳馆外，我吃到了类似卤煮的东西。

拉差达慕拳击馆

在《盗佛线》、《拳霸》这样的泰国电影里，泰拳手托尼·贾的表演，可一点也不比中国的功夫明星们低调。

我拿着地图，一路打听，要去找拉差达慕拳击馆（ratchadmnoen boxing stadium），那是与蓝毗尼拳击馆（lumphini boxing stadium）齐名的拳击馆。据说，这里是泰国拳坛圣地，泰国各地的拳手，都以在这两个拳馆打过比赛为荣。

我有点路痴，找错了方向，在曼谷大街上瞎转。最后，我蹲在地上，向一个学生模样的小哥问路，那小哥看了半天，也没说出个所以然。这时，背后传来一声雄厚的声音："先生，需要帮助么？"我回头看，第一感觉先觉得这是个shemale（变性人），个子高，肩膀宽厚，喉结也比较明显。她伸过手，能看到她手上粗大的骨节，她想要拿我手中的地图——坦白说，虽然在泰国的街头、商店能看到很多变性人，在凌晨的考山路上被那些拉客的ladyboy（一般指提供性服务的人妖）袭过胸摸过臀，但我还是对这个群体有点忌惮。我迅速观察了一下，她跟朋友（或是家人）在一起，他们自动在路

167

边等候，个个神态自若，而她也是落落大方——这些内心活动只是一闪念，我递上了地图，为什么要拒绝一个好心人的帮助呢？她很详细地看地图，给我指路，左转右拐说得很清楚。这次，她给指的路线正确无误，我心里不住感谢。

拉差达慕拳馆是个黄色的正方体建筑，并不大，也不显眼，老旧的正门上，悬挂着知名拳手的头像。拳馆外，有大批提早赶来的拳迷，当然其中也有我这样的外国看客。那些西方的年轻人，喝着啤酒，等着比赛开始。黄牛党很快就围了上来，一个大姐含笑而来，向我推销1000泰铢的VIP票，我摇着头，告诉她我是穷人，会在窗口买400泰铢的普通票。大姐问，日本人？我说，中国人。那大姐见生意无望，当即收起笑容，转身去向别人推销。我心里暗笑，现在，日本游客在全世界留下的多金形象，已被中国人取代了，只可惜，大姐遇到了一个穷游者。

随着六点钟比赛的临近，场馆外也开始聚集起小吃摊和饮料摊，体育经

四点多，拳迷们就聚集过来了。

168

济开始活跃起来。

我买的是普通票，只能坐在被铁丝网隔开的最后排区域，都是水泥座，铁丝网内区域是普通座。在拳台周围摆着几圈椅子，那是VIP座，就座的全是西方面孔，伸头引颈，四处瞧热闹。

我身边的多是行家——都是当地人，各种穿戴花衬衫、佛牌、金链子的老少爷们，大妈、大伯、叔叔、阿姨年纪的也不少，年轻人更多。我起初以为这个拳赛是专门满足外国人好奇心的，现在才明白自己错了，99%来看比赛的都是本地人——说他们是行家，那是因为他们下注赌博。

起先，我并没有意识到这一点。直到比赛开始，拳手们每一记鞭腿的击中，都能引起四面看台上的山呼海啸。我是外行，完全不懂他们为何如此激动，又没有人被KO。不过，他们每一次集体叹息或呐喊，都能提示我这是一次无效击打或有效击打。而在每一面看台，都至少有两名收注者负责开盘。我面前的是一位粗壮的大姐，手中拿着电话，每到一个回合结束(每晚有8-10场比赛，每场比赛有5个回合，每个回合3分钟)，她都会回头，扫向看台，高举右手，打起手势，嘴里大声呼喝，时不时点头。而看台上下注的人会站起来，用手势向大姐下注。那种场面像极了在电视上看到的纽约证交所的交易

169

员们。每一回合打完，下注者与收注者当即现金交易。赢者乐，输者叹。

因为语言无法沟通，我根据现场情况猜测：庄家藏在电话背后，大姐负责告知盘口、收注。而让我感到惊讶的是，我没有看到大姐用笔记录，但她却能准确地记录下每个人的下注情况。每个收注者负责一片看台，这一区域每一回合至少有十几人下注，收注者的记忆力着实不凡。

回到拳台。泰拳比赛仪式感极强，每个拳手上台都有下跪拜神的动作。拳台边的一个区域有个鼓队，鼓手们敲击出单调又急促的鼓点，这是每回合比赛必不可少的配音。再加上身边赌客们的山呼海啸，我也不停歇地看了两个多小时的比赛。比赛也着实激烈，第一场的第一局，不到10秒，白方就被一记高鞭腿击中头部，当即被KO，抬下了台。接下来的两个小时，拳手们各显其能，鞭腿攻击性强，能有效打击对方身体机能，可以用膝和肘攻击对手面部，也能用膝盖攻击对手腰肋部，也能有缠抱摔跤等动作，而拳击在这些动作里，则显得最为软弱无力。

当然，以上这些对比赛的解读，都来自于后来我接触了泰拳这项运动。后来在清迈，我一时兴起，接触了一天的泰拳训练。回北京后，我又报了个班，继续学。不是为了打架斗狠，就是以健身为主。

我的主教练阿风，是个曼谷人，老泰拳手，也打过黑拳，曾做过托尼·贾的一部电影的武术指导。闲聊时，我问了他两个问题：1.电影里，泰拳手的格斗姿势，前手拳都是直直地指向对手，而不是像训练时处于收势。2.泰国人那么喜欢赌拳赛，那么，会有泰拳手打假拳么？

阿风的回答是：1.那是为了好看，真正打起来，会挨揍。2.也许？反正我没见过！我没有，但是呢？哦……有的教练会在台下给你错误的指挥的，比如他喊上膝，但你那个时候根本不该上膝的。

然后，他神秘地眨眨眼，起身离开。我突然想起来，他说过他那只眼睛，在一场泰拳比赛中，被一肘扫到眼眶塌陷，视力大损，几近失明。

大伙都开始站着看比赛，全场山呼海啸。

在清迈当小贩

清迈有个周日市场（sunday market），就是卖些吃喝用品衣服工艺品之类东西的地方，价格低，质量也不错，很受各国游客欢迎。

那天，我和小刘突发奇想，也想去摆地摊，不为挣钱，就是好玩，算是一种生活体验。于是，我们两人就搜刮了一下背包，把能卖的小玩意都拿了出来，又从超市买了份报纸，下午三点，顶着大太阳，就出摊去了。

第一个落脚地，选在清迈古城东门（塔佩门）外，靠着古城墙墙体，把报纸铺到地上，卖的货有从拉萨大昭寺广场淘换来的平安结、降魔杵、佛珠；有从尼泊尔带的麻质手袋、钱包；有小刘在淘宝花25元钱买的水下相机，以及她妈妈临出门前塞到她背包里、让她当礼物送外国友人的簪子，以及写有"海南留念"、"恭喜发财"、"学业有成"等字样的蚕豆挂饰，甚至还有她的驴友留下的几包洗发液。不过，这些花花绿绿的小玩意，还是把报纸给铺满了——用报纸当铺垫，一是便宜，二是做好城管一来，立即兜起来跑路的准备——在国内，咱可见过这场面，有备无患。

价签也是现写，一咬牙，一狠心，我们都标了高价，比如我那套尼泊尔手袋和

清迈东门的城墙下，我在等待开张。

钱包，原价加起来才20块钱人民币，我这手一抖，就标上了400泰铢（约100元人民币）。那些平安结、降魔杵买时不过3块多钱，我们也标了差不多十几块人民币的价码。小刘心软，相机标了差不多40元钱，簪子标了8块钱，蚕豆才标了4块钱一个。

来来往往，还是看客多，即便我贴上笑脸招呼，一口烂英文招呼得还挺婉转恳切，但那些游客还是没人停下来看货。心里正在给自己鼓劲，一个小伙走了过来，先前我已经注意到他，他胸前挂着牌子，在协调别的商户出摊，只怕是城管。那小伙嬉皮笑脸，背着手，低头看货，我也不开口，人生地不熟，也不懂市场规矩，还是后发制人吧。哪知小伙突然哈哈大笑，指着那个尼泊尔手袋，用英文大喊："我的上帝啊，400泰铢！！！"他自己笑也就罢了，还不停地将这句话向旁边摊子商家强调，那几个人探头过来，也是满脸笑。"太贵？"我心说，"哥们卖的可是高档货。"于是，我告诉他，"这可是来自尼泊尔的。"那小伙也不停止大笑，径自走开。

这一笑，我心里是既有底又没底，有底的是，这个市场没有城管，尽管每个商户胸前都挂着牌照，是有照经营，但对于我这样的外国人，人家是不管的。没底的是，价码是不是真的标得太贵了？

这时，来了俩当地大姐，满面歉意，带着笑说话，我听不懂，但那意思明白，我占了人家的摊位了。正所谓强龙不压老大姐，还是撤吧。我们只好往东门内的大街上挪。一进城内，看到大街上出摊的人多了起来，好多都是开着车过来，从车上往下搬货物，有些摊主的神情打扮，看似白领，想必摆摊也是种生活调剂。

在东门的一家大酒店前找了一块空地，摊子铺开，我又特意去看了一下，发现卖到100块钱人民币的货物还真不多。于是我跟小刘商量，换个价签吧，于是我那套组合出售的手袋和钱包，变成了300泰铢。其余也均有降价。

所谓人挪活树挪死，摊子摆在了街口，生意一下子就来了。先是两位小姐，拿起了发簪，插头上一比划，两人叽里呱啦一商量一玩闹，价都不还，立即买下，3个发簪全部售罄，美得小刘直咧嘴。赚了第一笔钱，我们学着泰国商户的做法，拿起这张被称之为"lucky money(幸运钱)"的钞票，在其他未卖出的货品上扫了几下。说也奇怪，我的生意也来了，一个青年蹲在摊前，一番打量，就看上了手袋和钱包组合，只不过300泰铢的价格让他犹豫，他又确定了一下，再摸了摸货品。他告诉我，他在斜对面的摊上卖自己做的手工皮鞋，等有了生意，就过来买我的。还一再要求，让我一定要为他"keep(保留)"下来。我心里只顾得高兴，忙不迭地点头说："yes"。想想我们这几天，在街上买东西到处杀价，临走还要嬉皮笑脸再顺一个小玩意当搭头，还是泰国人生意好做啊。

没承想，街口这个风水宝地也不能长待，它的主人马上就过来了，又是一个歉意的笑，我们就得搬迁。路两旁已经摆

174

满了摊子，我们寻了半天，在一家手工漆器摊和一个雪糕摊中间，看到一个一米多宽的空地，左右征询意见，两个摊主都点头同意了，于是我们又安营扎寨了。只是这次像进入了一个港湾，倒是挡风，但就是来来往往的人都看不到我们的摊子，我只好不停地吆喝，以吸引注意。喊得多了，难免口干舌燥，仗着我已经有300泰铢的应收账款，我买了鸡腿和啤酒当两个人的晚饭。当然，我也不忘去百米开外的那个皮鞋摊，告诉那个小伙，挣钱后来我这消费啊。

右手的漆器摊，摊主一直在全神贯注地做工，没空理我们。左手边的雪糕摊，是一家三口在经营，妈妈是老师，在后面的一堆作业本上工作。漂亮姑娘叫奥姆，是个学生，假期来帮家人干活。旁边帮她收钱的帅小伙，初以为是她男朋友，后来一聊才知道，原来是她亲哥哥。这兄妹俩，奥姆好看，又一脸迷人的微笑，往那一站就是活招牌，吸引不少客人。哥哥就往旁边的塑料罐里放钱。他们一家子和善，妈妈还替我们拾掇摊位，告诉我们坐在哪

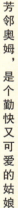

芳邻奥姆，是个勤快又可爱的姑娘。

里最舒服——路边的马路牙子上，腿旁边就是下水道，身子一斜还能靠上电线杆。

　　早晨六点整，街头的大喇叭声响起，一阵泰语后，就是歌曲，街上所有人突然站立。我俩不明就里，一看旁边，奥姆一家也站得笔直。突然想起来，恐怕跟在曼谷的电影院一样，又放泰国国歌了。我们也赶紧站起，表示一下对这个不撵小商贩也没有城管的国家的感谢。国歌唱毕，街上的人瞬间从静止变成活动状态，刚才的那一刻，好像有哪个具有魔力的人按下了人生的暂停键，接着又按了播放键。

早晨六点，泰国国歌响起，起立。

　　周日市场的高潮在夜里，游客越来越多。形形色色，汇成两股不同方向的人流。突然从另一股人流里逆向走出一人，日本人，特征太明显：头戴土黄色日本军帽，白色短袖汗衫掖进短款军裤里，长筒军袜、大皮鞋。这套行头我们在电影里看过太多。这位老兄看起来四十岁出头，他先是鞠躬，用日语和我们打招呼，被告知我们不是日本人后，他蹲了下来，拿起那个标注为

176

"MR．BEAN（憨豆先生）"的蚕豆挂饰，饶有兴趣地看起来，突然冒出汉语和英语夹杂的声音："'海南留念'What's mean？（什么意思？）"。他会说"你好"和"谢谢"，蚕豆上刻的繁体字他也认识，只是不知道含义，又问什么是"学业有成"，最后，他买了一个"恭喜发财"，乐呵呵地走了。那一身土黄色的军装，在人群中格外显眼。我琢磨，二战时，东南亚全都受到过日本侵略，为什么这老兄还敢穿成这样走在泰国街头？后来上网查了一下，原来二战时泰国一直宣称中立，实际上亲日。1941年太平洋战争爆发后，泰国和日本签订了"日泰同盟条约"。这是后话，历史

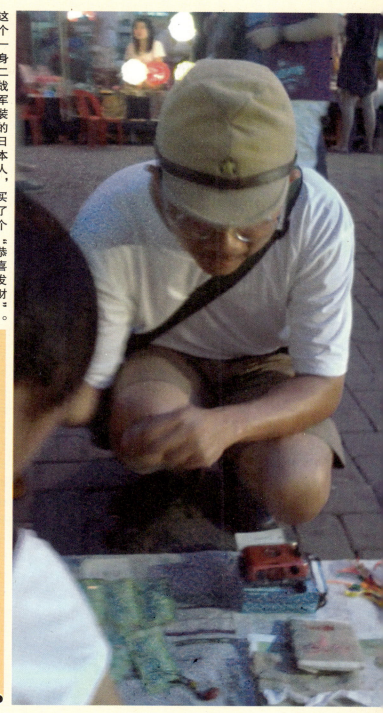

这个一身二战军装的日本人，买了个"恭喜发财"。

也已经翻页，和平年代，商场才是战场，生意做到赚钱才是王道。街上的人越来越多，人流也很快将那股土黄色淹没。

9点钟，两个泰国大叔买走了我的两个平安结，进账100泰铢，我举起钱来，炫耀性地向奥姆展示，奥姆直笑，连说恭喜。而她身后的哥哥，也炫耀性地举起那个塑料罐——几乎已经满了。她的生意，也有我的功劳。再次当托儿，一旦有中国游客在摊前徘徊，我总会适时插入画外音：她的雪糕很好吃，尝一尝吧。我说的也确实是实话，奥姆的雪糕真是又便宜又好吃。

接下来，防水相机被一泰国小姑娘买走，又有两个蚕豆被买走。都是小刘的货，她收获颇丰，高兴得很。我有点不服气，想着再撑一会儿，没准儿今晚还能有进账，没想到一场突如其来的大暴雨搅黄了生意，大街上的人群、街旁的摊贩，都像是被那个6点钟时出来过的魔法者按了快进键，一阵忙乱，瞬时清场。

我俩赶紧跟奥姆一家匆匆告别，也赶紧躲到了屋檐下。有了时间，也开始盘点，我这才想起来，有300泰铢的应收账款还未入账呢。见雨小了，我急忙去街头寻找那位年轻鞋匠，哪里还能寻到啊——没有这300泰铢，我哪有晚餐喝啤酒吃鸡腿的豪气啊！这一晚，多了经历，赔了生意。

回国后，挺怀念这段经历的，也想在北京的街头再试试摆摊的滋味，有朋友又去清迈，我也请他去寻访一下奥姆一家，表达一下思念之情。朋友还真找到了，不过奥姆已经回大学上学了。朋友跟奥姆的妈妈照了一张合影，老太太依然笑得开心。

路人20：大师

大师说知道，然后一脸冷笑，念叨：我看过泰拳VS少林功夫，泰拳VS功夫……

清迈是古城，坐落在群山环抱的平原上，气候凉爽舒适，号称"泰北玫瑰"。这里清净得很，邓丽君就喜欢这儿，也过世于此。但对我来说，这里太清净了，与泰南热辣的海滩比，清迈无法调动我的情绪。还赶上了雨季，待了两三天，我都快发霉了。于是决定找点刺激，就让旅店的前台帮着订了个泰拳训练营，说是当地比较好的。就一天，上午三小时，下午两小时，如果只练上午的课，是400泰铢，如果下午也练，再加100泰铢，500泰铢也不过合人民币一百多块。

说好第二天早上7：30来旅店接我。头天晚上我有点小小的激动。男人嘛，小时候多多少少迷恋过武术，买过拳谱，自学"七星螳螂拳"、"谭腿"——那是一个充满幻想和躁动的年代，但这些三脚猫功夫，丝毫经不住每天晚上都在校门口制造一明一灭烟火效果的小流氓链子锁钢管以及不要命精神的打击。很快幻想和躁动都被压制了，我对哥们义气和武术都没了兴趣。后来我又看了大倒胃口的武林大会，对搏击更持"唯速度和力量"的观点，所谓的技巧套路，觉得都是骗人的。

迷迷糊糊了几个小时，七点一刻我就在旅店里等，过了一会儿，一辆摩托车停在门口，司机探头进来，问我："Thai boxing？（泰国拳击）？"我点头称是，接上了头。司机往后座一摆头，我就上了车。这是一辆在清迈街头最常见的踏板小摩托，司机也是普通人模样，看起来有四十岁，踏板上还站着一个小女孩，我问司机是否是他女儿，上学去？他说是。一路无话，往北开了二十多分钟，出了古城，进了小村庄，越走我心里越犯嘀咕，不会是

179

骗我的吧。车终于在一个农家院里停下，墙上挂满拳手照片与获奖信息的排屋对面，空荡荡一个有顶的拳台，高悬国王与王后的照片——与我一推开大门，就看到热火朝天练拳的师兄弟们的想像大相径庭。

司机指指排屋里面，示意可以去里面换衣服。等我出来，赫然发现司机正在院子里更衣，他只穿了条假冒的CK内裤，从拳台的护栏上拽下一条红色拳击短裤，穿上。我这才意识到——他就是我今天的泰拳师傅。

认真打量了一下，师傅的面貌和小胡子以及身材，都像香港演员林雪，胸肌和小腹一并下垂，怎么看都不像是个拳师。但武侠小说教导我们，在江湖上行走，越貌不出众越是高手。为了恭维，我没称呼他"teacher（老师）"，而是叫他"master（大师）"，大师显然很受用，笑嘻嘻地让我躺在拳台上，用红花油给我做"马杀鸡"，这也是泰拳的必要防护步骤。边按摩边瞎聊天，我俩讲的都属于烂英语，语法完全不通，以能听明白为主。谈话内容涉及食物、啤酒和人妖。来这里练泰拳的几乎没有中国人，大师问我从中国哪里来，我担心他不知道河南这个地方，就告诉他，少林寺，你知道么？我来自那里。

大师说知道，然后一脸冷笑，念叨：我看过泰拳VS少林功夫，泰拳VS功夫……

接下来，老家离少林寺还挺远、生平只去过一次的我，被大师指示：出去跑五大圈，回来跳绳十分钟，在轮胎上跳跃练习小腿和脚步十分钟。等把这一系列热身做完，我全身尽湿。

我扶着膝盖大口喘气，休息，在那面墙上找大师的图片，找不到。他晃过来，斜着眼问我，你多大了，我说："33了，你呢？""19。"他冲我眨了眨眼睛。

拳台边的沙袋

接下来是基本功练习，大师给我演示泰拳的脚步、拳法、鞭腿、肘、膝等用法后，让我自己练习。他就在拳台边席地而坐，小肚子一下子贴到了盘起的腿上，打开了一个泰国粽子，用手捏着吃。吃饱饭，他就指导我挥汗如雨地训练，然后他就开始放响屁，指着我，"you"，我回指他，"you"，来来回回几趟，嘻嘻哈哈，算是休息。

终于等来对练，大师戴上各种护具，我按他的指示，左拳、右拳、膝、腿……这其实就是让我击打活动靶，我很卖力，感觉很爽，每一拳都尽全力，沉浸在揍人的快乐中。有一重拳出去，大师却突然不再只防不攻，戴着护具的左手先是轻轻扫到我肋骨，我一惊讶，低头要看，他一个下勾拳直接砸在我眼眶周围，没用力，但猝不及防的我差点被掀翻。他指我肋部，嘿嘿直笑。我明白，他是说我只攻不防，破绽太大了。再来，我加倍小心，每次都按他要求攻完，马上回复防守状态。但是，只要他想，总能找到我的破绽，不过每次都是轻描淡写点到为止。

181

大师，怎么看怎么不像个泰拳高手。

182

后来在泰国边境的小镇清孔，我与旅店帮工的21岁泰国小伙聊天，知道他练过6个月泰拳。他说泰国很多小孩都打拳，从小就练，打拳也是穷人家的孩子鱼跃龙门的一个机会。但拳手在泰国社会地位很低，有时候打一场比赛只能拿到大约100元钱人民币的酬金。全国冠军的奖品，没准就是一台电扇，还是不能摇头的那种。他又把他叔叔拉过来，干的是司机的行当，说他练过15年，叔叔一脱衬衫，一身疙瘩肉。小伙又给表演了一下旋踢，还要求我比划一下。我们一时兴起，在湄南河边玩起来，我被他的各种擒拿技与锁技蹂躏了一番。那时我就意识到，以前对搏击术的态度太狭隘了。

这是后话。当时被师傅屡屡击中，我有点挂不住了。于是我也动了坏心思，按他的要求，我应该出拳，我假意击出，只到一半距离就收回，却一脚踹上门户大开的大师的肚子，用尽全力，他一阵踉跄，退到拳台的防护绳上，脸色一变。我赶紧道歉，他说着："good，good，我没问题……"

这一脚让之后的气氛有点沉闷，但最起码让他觉得，我是认真的。之后的对练，我俩都不再玩虚招子，我完全按他的要求打，他也不再偷袭，认认真真。然后，再打沙袋，踢沙袋，以100个仰卧起坐结束。

他先收了我400泰铢，送我回旅店时，问，下午你还来么？我点了点头，他说，那要加100泰铢。他又恢复了嬉皮笑脸，那口气，像街头做小买卖的生意人。

那天中午，我的小腿疼到不停颤抖，吃完饭赶紧休息，但心里对下午的课程很是期待。

下午换了人来接我。我一到院子里，就发现多了师兄弟，四个法国人做热身，另有三个村里的小孩在拳台上对打。大师背手立于拳台，背挺得很直，眼神里多了份光彩，像个真正的

183

下午，和我一起训练的法国师兄弟，他们是一家子。

大师。连拳击短裤上面的将军肚也神气起来，像个真正的将军。

人多，他挨个指导，我被安排先踢打沙袋，他在拳台上跟人对练。那个法国哥们，应该有搏击的功底，在这里也练过一段时间了，出腿都带着风声，击打到护具上，声势骇人。大师和他的套招，很是漂亮，时间恰到好处，力度足够，我也停下训练，跟另外几个人一起看。

很快轮到我，训练量加倍，比如连续出两次左拳，他要求做四次。当然，他依然加了攻击动作，但我基本已经能挡住，而且用力把他偷袭过来的拳给打开，连他手上的护具都给打飞。他要求我加速度，加力量，"肘，2次，快！""膝，2次，快！"我倒在了他要求的连续5次鞭腿上，每腿必尽全

184

力，一气做完，我已倒在拳台上。

下午的俩小时太快，合影留念后，大师问我："杨，你还会来么？"我说："会吧，也许是明年。"

他递给我一张名片，那上面写着他的名字：KRU PONG。旁边印着他的照片，胸肌与小腹一并下垂，穿着红色的拳击短裤，双手摆出泰拳中的防守式。"来了，找我。"他说。我在心里组织好句子，问了我最想问的问题："你练了多久泰拳？""13年。""你才19岁啊？"他开始笑。我又指了指那面挂满拳手信息和奖状的墙，"这上面有你照片么？"大师不再笑，把脸别开，过了一会儿，他说："这里不是我的家，我的照片都在家里挂着呢。"

10月份，我在北京报了个班继续学泰拳，教练也是泰国人，我向他演示了大师如何击中我的招数，教练说，那是个练家子。

最后，大伙来张毕业合影。

185

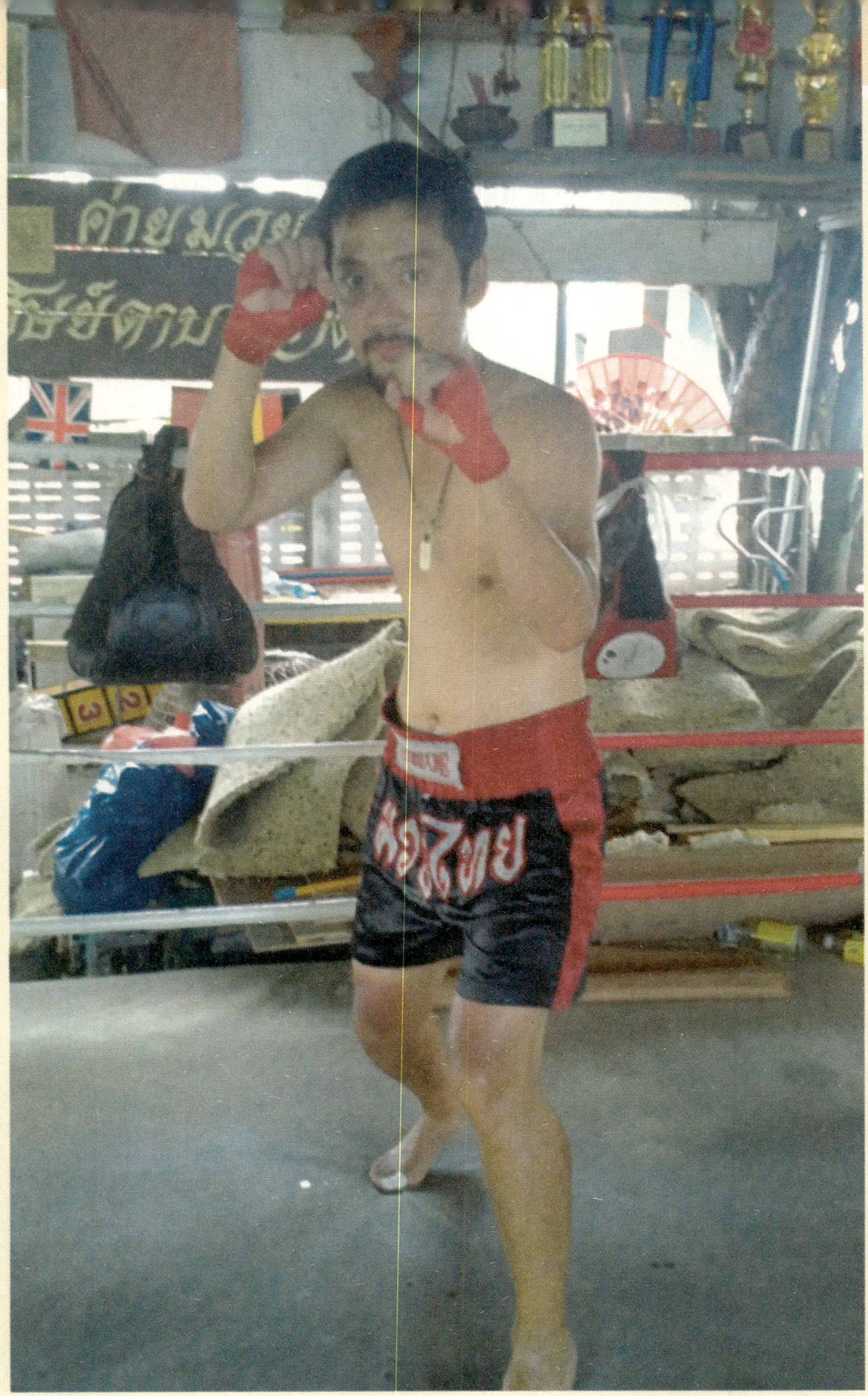

路人21：小刘

她背上了那个大大的背包，走了，从后面几乎看不到她的头。

九零后，久仰大名！

脑残、非主流、火星文；聪明、早熟、创造力……这都是对九零后的评价，矛盾，纠结，所以，用标签去划分、评价一个时代的人，有点不客观，管中窥豹。

我一路上碰到一些九零后，思想宽度和广度都很大，很有主意，知道自己要什么，怎么去做。我有时候想，跟他们比，同时期的我们多傻啊。琢磨原因：他们现在接受信息的渠道太多，如何在纷繁芜杂的信息里选择出正确和有用的？他们独立思考的能力早就开始锻炼了。

小刘一看就是个聪明人，她是武汉人，武汉话叫"姑娘伢"，大眼睛，小个子，不化妆，她说一到柬埔寨，就被前台说，你居然不是柬埔寨人？你皮肤这么黑！她说这话时，佯怒，但看起来她不在乎，心里还挺美，这肤色多健康啊。简单的马尾扎在脑后，素色的T恤，一件红色格子衬衫，永远搭在单肩包上，一条速干裤，一双穿出灰色效果的白色"回力"鞋，就这身装扮。

1990年出生的小刘也纠结的。我见到她的时候，她正在纠结：是坐货船从泰国漂到昆明呢？还是跟我们一起去老挝的琅勃拉邦，然后再走陆路回昆明？去市场买衣服，她居然拿不定主意，问我，叔啊，买哪个好？这个，还是那个？我惊道：你是女人，买东西比我们在行啊！

她叫我叔，我比她大一轮，都是白羊座。白羊座常纠结，我知道，但像她这么纠结的，还真少见。我琢磨不透，这么胆大的姑娘，这么有主意的姑娘，纠结什么啊？

187

在泰国，有个意大利老嬉皮士给她推荐：你可以坐货船从泰国回云南啊，我认识人，可以给你说说，三天就回去了。

她动了心，这一路走来，还没坐船，多美的流浪记忆啊。

但所有的朋友都反对，我们给她分析，一货船全是男人，就你一个女的，多危险啊。她顶嘴，那有什么啊。又想了想说，哎，我要是个男的多好。

朋友们都笑她，说，你挺爷们的，骨子里就是个小伙子。看看她干的事：为了凑旅费，在学校把自己的生活费定为一天五块钱，后来实在熬不住了，改为十块钱。事先做好计划，订最便宜的机票，一到暑假，一个人飞到马来西亚，然后是柬埔寨，泰国。

她是老驴友了。前两年，她说实在不想在家待，就买了张车票，从武汉出发，陕西、河南……一路走下去。住青旅，也给青旅打工，盘子上的水必须擦干净，擦不净店长会训斥。但路上可以看风景，可以交朋友。她喜欢这种在路上的感觉，就停不下来了。

188

她也喜欢待在自己的世界里。她在被我们捡到之前，在泰国清迈待了不少时间，但很少出去。她住的旅店名字叫"一只小鸟"，年轻的泰国老板没事就问她，刘，你今天去了哪里？她的回答永远是，你的旅店。泰国老板实在看不过去了，就骑摩托车带她去吃饭，去看电影。

　　这事儿老被我们拿来取笑她，说，你有一个"暹罗小王子"，骑摩托车带你去玩，多拉风啊！她也不恼怒，只是说，什么暹罗小王子啊……

　　小刘没有恋爱过，她上的是师范学校，男生少，稀缺。但她不稀罕，她说她真受不了啊，一个男人，对着你吟诗，还特自我感觉良好的，那情绪饱满的啊！！！

　　她老喜欢请假逃课，不爱学校。但又是好学生，经常"莫名其妙"地考个前几名，上学期学校组织演讲比赛，她又被"莫名其妙"地推选去参赛，别的学生包括男生几乎都是浓妆艳抹装束有方，只有她，又是素颜T恤仔裤。前面的男生，满怀深情地诗朗诵。她一上台，大屏幕上先打出一个骷髅，然后她用在省博物馆做义务讲解员的功底，给台下的听众讲了一节古人类。当时掌声大作，从此她也名声大噪，走在校园里，总有人指指戳戳。

　　我和朋友们都喜欢小刘。在清迈，我们一起坐街边喝啤酒看美女；一起骑车去清迈大学；一起从金三角的清孔坐两天船到老挝的琅勃拉邦，又一起坐一天一夜的长途大巴回昆明；再和几个朋友去大理。有时候太累，不想洗衣服了，我就欺负她：帮个忙，洗一件衣服呗。看她一撇嘴，我就喊：不洗我就对着你吟诗了啊。过一会儿，衣服就给你洗好了。二十多天里，小刘永远是那个聪明、可爱、又有一点纠结的女孩子。这样的女孩子，应该天天生活在阳光下，没有烦心事。就像公主和王子，最后总要幸福地生活在一起那样。

有一天，小刘突然半夜跑到洱海边发呆，怎么劝都不愿意回。第二天，因为一件小事，她又向大伙发了火，甩了脸子。朋友们都不知所措，也不敢说什么，就由着她发呆，也护着她。

隔了一天，我们在昆明分手，都要回到各自的轨道上去。她背上了那个大大的背包，走了，从后面几乎看不到她的头。

我心里一直惦着这个侄女，后来发短信联系，她终于倒了回苦水：父母感情不好，一直当她不知道，其实她什么都知道。一直等到她上大学的那天，父母宣布离婚。

她说，叔你知道么，每回过年，都是我最难受的时刻。她又说，在大理洱海边发火的那天，家里又发生了点状况，一时郁闷。她说，她还想逃跑，继续在路上，回家一周多了，还是没法适应家里的气场。

我不知道该怎么劝解她，好在她的情绪波动很快就过去了。她又变成了那个聪明又纠结的女孩子。

她说，现在大四了，马上要去山西实习，当老师，她纠结，不想去啊。但一想到山西有好吃的面食，这个馋货就来了兴趣，学着我经常说的：吃面条就大蒜，给个县长也不换。

第九章

老挝

私人建议:

1. 坐一次船，沿湄公河漂流。

2. 起早一次，去寺庙感受一下布施。

3. 琅勃拉邦物价不低。喝老挝啤酒，吃老挝烧烤。

湄公河的表情

澜沧江：世界第九长河，亚洲第四长河，也是东南亚第一长河。发源于青海省玉树的杂多县吉富山，源头海拔5200米，主干流总长度2139千米，澜沧江流经青海、西藏和云南三省，在西双版纳勐腊县出境成为老挝和缅甸的界河后始称湄公河（Mekong River）。湄公河流经老挝、缅甸、泰国、柬埔寨和越南，于越南胡志明市流入中国南海。

从泰国清迈去老挝琅勃拉邦。走陆路还是水路？

这个抉择只用了一秒钟：走水路。

本是毫无计划，但我的这趟长途旅行，竟然与澜沧江的轨迹暗合。走川藏线，见识到了气势磅礴的三江并流，怒江、金沙江，还有澜沧江，并行奔流；在西双版纳，逆着澜沧江骑行几十公里；在西贡，见识过湄公河的滚滚气势。不过，这还不够，坐慢船去老挝琅勃拉邦，要在湄公河上漂两天。这一路，飞机、火车、汽车、自行车、马、大象，这么多交通工具都体验过。

就差坐船了。

从泰国北部边境清孔出境，坐一条摆渡船，十分钟后，就到达老挝会晒了。一番等待后，我登上了开往琅勃拉邦的船。

过了这条河，就是老挝的会晒。

会晒街头，老百姓过着慢节奏的生活。

这条船破旧得很，上有顶盖，中间的窗户全都敞开，以便观景和通风。甲板上有一排排固定好的椅子，对号入座。船头驾驶舱，船尾厕所。这种船，我在白洋淀上坐过，很拉风。但是，也得小心被船体劈开的水浪溅到身上。

当背包客们一排排在椅子上舒服地坐好后，船头两侧横放的长条凳上，开始坐上一个个本地人，他们衣衫破旧，男多女少。他们大多没有大行李，包袱裹放在脚前，看来走的不是长途，也许就是去沿岸的某个村落里走个亲戚。在我的印象中，他们似乎有一张同样的脸，黝黑，眼神的焦点只是面前的一小块范围，平静，或者说麻木的表情看不出内心世界的波澜。但是，他们偶尔会对走过的背包客投去善意又好奇的目光，有时，还会往后舱的背包客们的椅子区长久探望，一旦眼神接触，就会避开。那张"同样的脸"，那种避而不见的眼神，我似乎在中国的城市和乡村，火车上，大巴上，城市的街头上都看到过。他们彼此也少交谈，即便说话也很小声，甚至，我发现两天的航程内，连上厕所的本地人都很少。

195

船的前半部，都是长条凳了。

船的后半部，全是世界各地的游客，有软座的椅子。

于是，大船就形成了甲板前部静默，后部喧嚣；前部是老挝人色调单一衣服组成的黑白世界，后部是由背包客颜色各异的背心短裤吊带裙子所组成的彩色世界。偶尔，彩色世界的

坐累了，只有这种姿势最舒服。

人会闯进黑白世界，在船头吹风、照相。但没人跟他们交谈。

我能记起的关于湄公河的描述中，杜拉斯是这么说的：这条河总是十分迷人，白天黑夜都是如此，有帆船、呼唤、笑声、歌声和海鸟时是这样，没有这些东西时也是这样……

杜拉斯描述的可能是湄公河的越南段，因为她在这条流域碰上了她的中国情人。如我所见，这段湄公河并没有如此的诗情画意。景色还是极美的，船走在其间，像在三峡穿梭。岸边颜色青绿，热带植物繁茂，忽而拐过弯道，看到被山体遮蔽的夕阳，那金黄色的光线，把本无生气的黄汤水一般的湄公河水搅动起来。后舱的背包客们一阵惊呼，操持起各种照相设备，咔咔嚓嚓。而在甲板的前方，"同样的脸"们依然平静，继续注视着面前的小片范围。

但我不认为这就是整个老挝的表情——在会晒，我见过一张愤怒的脸。

办完入境卡，我们被各个旅行社"卖"到一起的背包客们，被带到了一个旅行社的大厅等待登船。大伙都在低声细语地交谈。只有三个小伙子，两个西方脸孔，瘦的戴眼镜，胖的有个超乎寻常的肥屁股，一个亚裔，他们犹如在自家开派对，占据中央位置，大声、热烈地交谈，不雅字眼不时蹦出。声音实在是大，引得大伙侧目。

197

突然，有人过来收护照，说是要统一办理登船手续。护照对于旅行者来说，重要性不亚于钱包。大伙都跟自己的伙伴们商量，随后，有人交了，有人在犹豫。这里还是属于金三角地区，听说治安也不好，还是多一事不如少一事。

　　不过，就是有横的。那三个"派对青年"就是不交。最胖的小伙，"肥屁股"抬抬肩膀，硬是拒绝了来收护照的老头。一些人开始把自己本已递出的护照收回。"肥屁股"得意了，转身往门外走。

　　"站住，你是哪个国家的？"这是老板的声音，刚刚他还致了欢迎词，讲解了需要注意的事项和推销自己的宾馆，心平气和。现在，他的声音暴烈。他不足一米七的身材，但是肩宽背厚，衬衫下的手臂粗壮。他有一张我在船上见过的典型的老挝男人的脸，黑，颧骨高耸，下巴宽，咬肌发达，看似随时要出击撕碎猎物的捕食者。但是他的眼神，我很熟悉，做体育编辑时，选用图片，我会着重选"眼神狠"的那种。

　　"美国！"转过身来的"肥屁股"耸耸肩，把每一个音节都咬得很准。

　　"这里是老挝！"老板双手撑案，上身前倾，脸因愤怒而呈黑红色。"我ＸＸ需要你的护照，你ＸＸ马上给交过来……"在这一阵长达一分多钟的"扫射"里，老板把愤怒都留给了美国人，多数话听不懂，但能听到多个最为熟悉的"FUCK"。

　　这阵"扫射"把"肥屁股"和他的两个伙伴震住了。三个人谁都不说话，交流了一下眼神。"肥屁股"把护照从屁股兜里抽出来，递给老头。

　　"拿到这里，现在！"老板又一声吼。

　　"嗨，放轻松点，我只是出去买包烟……"一阵嘟囔，

"肥屁股"慢腾腾地将护照拿过去。

好像一颗暴露出地面的地雷被顺利采出，大厅里的气氛瞬间变得轻松。在去码头坐船时，遇雨，我们在一饭店休息。老板就在我身边，好奇心促使我过去，连比划带烂英语和他聊天。他说自己以前是踢藤球的，踢得"非常好"（藤球是老挝的国球，踢到老挝国家队就会有很好的待遇，对一些边远农村的穷孩子们来说，踢藤球是他们跃出龙门的希望），但是后来——他指指左脚腕，"断了"。这个时候，他的脸上云淡风轻。

我的电子书里准备的关于老挝的资料，有一段是这样形容老挝男人的："在老挝，男人婚后要去女方家生活，像中国的倒插门。男人长期从事农业，不喜欢从事商业活动。"这段描述在一天后的琅勃拉邦的夜市上得到验证，做生意的女的比男的多。

不过，随着老挝旅游业的发展，年轻一代已不再拒绝经商，湄公河里的鱼，岸边的土地，不再是他们的首选。

船经过岸边的村子，有时是要靠岸的，那些老挝人会有几个下船，再上来几个。就像是一辆长途大巴车，在路上会随时上下人。

船到了一个停泊口，还不待船停稳，就会有几个小孩争先恐后地上来，"BEER LAO！""BEER LAO！"的喊，他们在甲板前舱根本不停留，直奔后面的椅子区，把手中的啤酒往每一个潜在客户的面前塞，像极了在北京街头的车流里穿来穿去发放房产小广告的小伙子。

"BEER LAO！"就是著名的老挝啤酒，据说全老挝只有这一种啤酒，也是老挝商品在世界上最知名的品牌。一问价，小孩们都要2美金，合十几块人民币了，太贵。我赶紧摇头摆手。再忍忍，就到琅勃拉邦了。在船上，肯定卖得贵。

突然，一个脑袋从船舱的窗外探了出来，然后是手和啤酒瓶。"BEER LAO！"他喊。我先观察他是如何来到这个位置的，船舱窗外下方，有一条宽约二十公分的木板，就像华山的长空栈道一样，固定在船体外侧。相对于拥挤在船舱内招揽生意的孩子来说，他占据的这条通道，虽然险，但是竞争少，且能获得同情分。他就是沿着这条栈道，一手攀着船顶，一手举着啤酒，走到了我所在的窗口。

"先生，来一个吧，2美金。"他喊。与甲板前的成年人和藤球好手比，这个男孩黝黑的脸就显得更生动，眼神也不躲避，直视我的眼睛。我嫌贵，摇头，他把失望的表情展示在脸上，马上就又把五官拧在一起，变成恳求，"Please……"这一拉长了腔的恳求，一下子扯开了我的钱包。那小子一接到钱，干脆说是一拽过钱，立即转身，在窄窄的木板上如履平地，跳到浅水中。他的那声"谢谢"才飘过来。

"BEER LAO"打开，没有冰镇是个遗憾，因为啤酒花的关系，口味微苦，这也是很多啤酒爱好者最爱的滋味。

船停靠在最后一个码头时，已是傍晚，不待船停稳，又是一群孩子冲上来。不过这次，他们像是在逆流中游泳。那些背包客们快速地舒展一下身体，没人理会这些推销的孩子们，急匆匆地跳下船。琅勃拉邦到了！

路人22：小罗

7月—8月 越柬泰老

那他的理想职业是什么？四处流浪的图书管理员！你看，这个西安娃都27了，还这么不靠谱。

对小罗来说，每天晚上一睁眼，对面睡着一个满脸胡子的男人，打着响亮的呼噜，像吴哥窟池塘里肆无忌惮的青蛙叫。没准，还睡在一张床上，他的一条腿还贴在自己身上。小罗肯定是厌恶地推开，或者再蜷缩一下身子，转过去继续睡。

那感觉糟极了。"他"就是我。这种困扰我也有，一睁眼就是他。他也一样打呼噜，一样戴黑框眼镜，一样蓄须。一路走来，总有好事者问，你们是兄弟俩吗？你们俩是一对儿么？

很多腐女会问，你俩是一对儿么？

201

"他"就是小罗。东南亚之旅第一站是越南，美奈的海滩特别美，傍晚时分，有落日，我俩光着脚，沿着沙滩散步。半晌，我说：景色真美，你丫要是个姑娘就好了。他愤愤然：我TMD也这么想。

　　我们是旅伴，也是哥们儿。一起穷游近两个月，一起吃，一起住，有时候为了省钱，还得睡一张床。

　　在美奈沙滩散步那天，正好是所谓的"兄弟日"，我们感叹完没有姑娘后，立马杀进一家海滩边的酒吧，大喝起"西贡"啤酒，以示庆祝。他也是长期旅行中常见的"失恋、失业、失意"中的一员。他失业，不过是自己主动辞的。他以前在两家世界500强外企混过，做销售，业绩很不错，他能记住客户的生日、客户妻儿的生日，甚至能记住连客户都未必在意的一些生活细节，走情感路线，把客户一一攻破。后来，他终于腻味了，觉得这样的生活不是自己需要的。于是他换工作，换来换去，还是入不了戏，干脆辞了。又"苦口婆心地说服了我爸妈"，出来走走，想找找自己。那他的理想职业是什么？四处流浪的图书管理员！你看，这个西安娃都27了，还这么不靠谱。

　　当然，要是靠谱了，我们也不会在大理一见如故，什么叫一丘之貉？

　　6月底我在拉萨，不知道下一站去哪里。看了看地图，觉得去东南亚玩玩也好，但心里虚，想找个伴。"你在哪呢？"一打电话，他说自己去了香格里拉，又去了成都，现在重庆宅着。"来吧，一起去东南亚。"他说，然后压低声音，"来吧，这里好多姑娘。"

　　他在重庆住青旅，有好多漂亮小姑娘，从店长到前台，都混熟了。姑娘们也喜欢他，觉得他卡通、好玩，又聪明。比如说，某晚看到一个舍友抓耳挠腮，说是做广告设计，给一个咖啡馆做LOGO，思路受阻。他想了想，给了个方案，对方眼睛顿时亮如荒野饿狼。方案最终被采用。所以，我和他要离开重庆时，姑娘们都怪我：你把我们的男人给带走了。

　　没法儿，必须得走。一个人要走过多少路，才可以称他为男人？

　　这一路上，他经历了太多的第一次。在清迈做文身，在越南冲浪，在洱源搭车，在阳朔攀岩，在漓江裸泳，摩托车旅行，各种景点逃票，在普吉海

在越南，我俩一起来了次摩托旅行。

● 他这一路，体验了很多以前从未体验过的事。

●

203

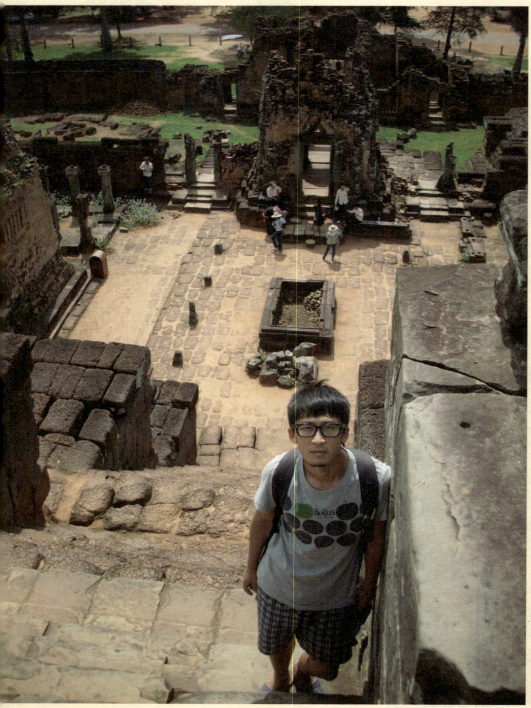

滩裸奔，在阳朔街头向警车竖中指，在会安酒店二楼跳下泳池……太多了。他的有些举动，在我看来，觉得莫名其妙。直到有一天，我们彻夜长聊，聊电影，聊他最感兴趣的对人类起源和自然科学的怀疑论。也聊起了现实，无力改变，无力挣脱，父母不理解，又不想妥协。"有时候，甚至想到自杀。"他那张永远嬉皮笑脸的脸，那天像被扯掉了面具。

在路上，就是要去寻找那飘在风中的答案。

旅行，可以稀释发散那些你停留在原地，就会被不停困扰的负面情绪。旅途，也可以让你随时发现自己的潜能，学会更多的担当。刚开始，小罗英语也不好，但他敢跟人聊，敢表达，无论碰到谁，都能跟人套近乎，哪怕英语说得结结巴巴。在越南的会安，朋友杜爷出了车祸，摩托车损毁，老板来谈赔偿，杜爷操一口标准流利的英语，让老板给写张收据。可惜老板听不懂，一把拽过小罗："你，给翻译一下。"小罗一推眼镜，调动了面部所有器官以及手部动作："他，让你，给写个list，给他。"老板一拍脑袋："哦，OK，OK！"就这样，解决了。那晚我们才明白，原来英语不是世界语言，烂英语才是啊。

到后来，订酒店，订机票，他都一马当先，烂英语越来越好。他的人也越来越黑，胡子越来越长，心也越来越野。在泰国，从曼谷到普吉，一直到清迈，他还是没控制住自己，决定弄个文身，也创造了他这一路最大的单笔消费。两天，趴了十六个小时，在背上文了一个泰国象神图案。他说，象神可以保佑出行者平安。

他还想走，就这么一路走下去。但接下来的路，是回家的归途。老父抱恙，他必须得回家照看。回去后，几乎天天接受妈妈的相亲安排。我给他打电话，他在那边喊：这次相亲那姑娘啊，比我还壮！

后记：减法

2011年的夏天，我33岁，暂停持续运转11年的工作状态，离开生活了9年的北京，用了134天，走了大约24000公里的路。

先是长沙，再是黔东南苗寨，在云南兜上一圈，又从成都开始走川藏线上拉萨，接着是尼泊尔、越南、柬埔寨、泰国和老挝，又在云南收尾。这一路，走了24000多公里，四个多月。这一路，坐车乘船搭飞机骑马骑大象。这一路，翻了很多高山，也走了很多险路。这一路，在洱海里游泳，在澜沧江边骑行，在亚丁挖虫草，在青朴朝圣，在阳朔攀岩，在越南狂骑摩托，在安达曼海边拍裸照，在曼谷学泰拳，在清迈当小贩。

与这些相比，那些在路上碰到的人更有意思。杭州大姐，江上客，北京老兵，拉漂，嬉皮士；五零后，八零后，九零后；中国人，外国人……每个人身上都有故事，每个人都有属于自己的轨道和生活，每个人对幸福和苦难的理解也都不一样。在他们身上，我看到了不同的生活方式。

这些"路人甲"们，并没有出现一位为我指点迷津的贵人。我也没有经历令自己大彻大悟的奇遇。有的只是一些琐碎，吃喝拉撒睡，走路，坐车，误点，小意外——跟你平常的生活一样。你得去解决，但在这个过程中，我变得更有耐心，也更能接受所发生的一切。这可能跟我从"路人甲"们身上汲取到的营养有关系，人生百态，悲喜无常，放松点，别拧巴，接受它就是了。

一天，在泰国清迈。我到古城南门外觅食，吃罢，准备回客栈午休。大中午，人也少，太阳热辣辣地晒着。在曼谷买的十字拖，果然是便宜没好货，磨脚得很。干脆脱了吧，光脚走在小街上，路很干净，偶尔会有一些小石粒硌脚。我突然想，在生活里，做减法比做加法更容易让我平静和开心。从出发到现在，我的行李好像越来越少，此时此刻，好像一双拖鞋也是多余的。刚出门时，恨不得把过去的所有生活都装进背包，但越走越觉得没必要，回寄的回寄，扔的扔，最后，一个65升的背包，不足15公斤，就足够了。以前睡眠不好，出差得住单间。现在，青年旅舍的多人间床位，倒下就能睡觉。以前吃东西挑三拣四，现在，能饱就好。

四个多月后，我回到北京。所谓"一别两宽，各生欢喜"，旧生活既然过去了，那就好好开始新生活吧。我有一个小房间，把它收拾得尽量干净些。它有一个窗户，我每天都打开，让阳光和新鲜空气尽量多进来一些。我有一辆自行车，它可以载我去上班，我可以慢悠悠地左顾右盼。我有一份工作，还是原来的活计，我发现，我对它的感情并没有完全熄灭。我又登上了那列火车，但它的节奏开始与我产生共鸣。

我有时候会想，出发前心里存在的那些问号拉直了么？那些问号，又曾经存在过么？

最后，到了例行的致谢环节。那些帮助和支持过我的同事和朋友们，都当面致谢过了，不多说，咱们来日方长。

一些特别的话，我要说给我爸妈：可能是因为传统家庭的原因，我们之间从来没有说过"我爱你"、"谢谢"之类的话。我们的爱，有时候是以对抗和沉默这样的方式传递的。这不好，我想，我应该先做出改变。在这里，我可以说，我爱你们，更谢谢你们的辛苦栽培，让我成为独一无二的我。虽然我们对于生活的观点差别很大，虽然我没有按照你们设定的轨道前行，虽然我也可能遭受挫折，但我生活态度积极且认真，我以为，这才是大丈夫所为。所以，请理解并支持我的选择。适当的时候，请为我鼓掌加油，我很需要！这本书，我会鼓起勇气，献给你们看。也让我们都从"路人甲"身上汲取养分。

最后，要谢谢所有看到这本书的朋友，你们眼光独到，居然买了这本没有攻略、鲜有记录景物、不像是旅行书的旅行书。能读下去的，想必都是同道中人。所以，这句话一定能赢得你们的欢心，也与大伙共勉：

做自己，过自己想过的生活。

是为记。

"最美中国系列"丛书简介

"Zuimeizhongguoxilie"congshujianjie

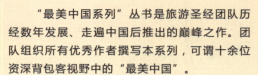

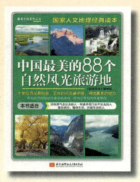

《中国最美的88个自然风光旅游地》

《中国最美的88个特色旅游地》

《中国最美的88个人文旅游地》

"最美中国系列"丛书是旅游圣经团队历经数年发展、走遍中国后推出的巅峰之作。团队组织所有优秀作者撰写本系列,可谓十余位资深背包客视野中的"最美中国"。

本系列丛书内容系作者原创,是他们心灵的真实感悟;照片系作者亲自拍摄,是他们对美的瞬间永恒的诠释。饱含人文底蕴的文字配上震撼人心的精美照片,定会给读者带来极致美好的心灵慰藉。

本系列丛书共三本:

《中国最美的 88 个自然风光旅游地》
书号:ISBN 978-7-5124-0242-3
定价:39.80 元
出版社:北京航空航天大学出版社

《中国最美的 88 个特色旅游地》
书号:ISBN 978-7-5124-0320-8
定价:39.80 元
出版社:北京航空航天大学出版社

《中国最美的 88 个人文旅游地》
书号:ISBN 978-7-5124-0394-9
定价:39.80 元
出版社:北京航空航天大学出版社

"中国最美旅游线路"丛书简介

"Zhongguozuimeilvyouxianlu"congshujianjie

《最美秦晋——从山西到陕西》

《最美江南——从南京到上海》

《最美中原——从洛阳到商丘》

《最美徽州——从黄山屯溪到三清山》

《最美湘桂——从湘西到桂林》

《最美福建——从厦门到闽东海岸线》

《最美海南——从海口到三亚》

本丛书包括：
最美秦晋——从山西到陕西
最美江南——从南京到上海
最美中原——从洛阳到商丘
最美徽州——从黄山屯溪到三清山
最美湘桂——从湘西到桂林
最美福建——从厦门到闽东海岸线
最美海南——从海口到三亚

　　本套丛书追求有个性有特色的旅行，淡化走马观花的传统方式，追求历史文化民俗的深度感悟、风景美食住宿的独特体验，倡导"大景点"概念，提倡在一个地方要做几件事。除了游览出售门票的传统景点之外，更推崇在当地探索不为人熟知的特色风景，寻找巷陌深处的地道美食，住一家温馨浪漫的小客栈，听一段地方戏，寻一件民间工艺品等等。这套丛书还打破了传统旅游书以省划分的模式，每本书都不限定某一个行政区域，而是在全国范围内精选多条特色经典路线，设计出最合理的行程安排，每条路线又可以根据读者不同的时间兴趣分化为数条小路线，全书景点行程可相对独立又紧密相连贯通一体。本套丛书由资深背包客实地考察后撰写，文字和照片均为原创，定能带给你全新的启示，使你的旅行充满趣味，更加丰富多彩。

《悠闲慢旅行》
　　书号：ISBN 978-7-5124-0508-0
　　定价：39.80 元
　　出版社：北京航空航天大学出版社

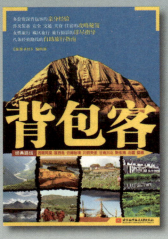

《背包客》
　　书号：ISBN 978-7-5124-0689-6
　　定价：39.80 元
　　出版社：北京航空航天大学出版社

《老北京新北京 2012-2013》
　　书号：ISBN 978-7-5124-0682-7
　　定价：39.80 元
　　出版社：北京航空航天大学出版社

《搭车旅行：那些边走边晃的日子》
书号：ISBN 978-7-5124-0923-1
定价：39.80 元
出版社：北京航空航天大学出版社

《一个人旅行直到世界尽头》
书号：ISBN 978-7-5124-0888-3
定价：39.80 元
出版社：北京航空航天大学出版社

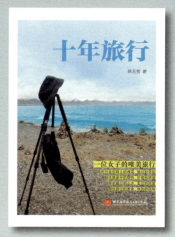

《十年旅行》
书号：ISBN 978-7-5124-0969-9
定价：39.80 元
出版社：北京航空航天大学出版社

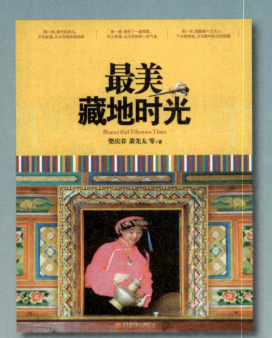

《最美藏地时光》
　　书号：ISBN 978-7-5124-1002-2
　　定价：39.80 元
　　出版社：北京航空航天大学出版社

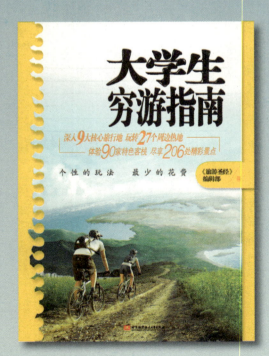

《大学生穷游指南》
　　书号：ISBN 978-7-5124-0992-7
　　定价：39.80 元
　　出版社：北京航空航天大学出版社